给儿子的成人礼物

父亲的声音

谢强 著

四川人民出版社

图书在版编目（CIP）数据

父亲的声音 / 谢强著. — 成都：四川人民出版社，2023.12
 ISBN 978-7-220-13497-5

Ⅰ.①父… Ⅱ.①谢… Ⅲ.①书信集–中国–当代 Ⅳ.①I267.5

中国国家版本馆CIP数据核字（2023）第176840号

FUQIN DE SHENGYIN
父亲的声音
谢　强　著

出 版 人	黄立新
责任编辑	唐　婧
封面设计	今亮後聲 HOPESOUND 2580590616@qq.com
版式设计	最近文化
责任印制	祝　健
出版发行	四川人民出版社（成都三色路238号）
网　　址	http://www.scpph.com
E-mail	scrmcbs@sina.com
新浪微博	@四川人民出版社
微信公众号	四川人民出版社
发行部业务电话	（028）86361653　86361656
防盗版举报电话	（028）86361653
照　　排	四川最近文化传播有限公司
印　　刷	成都东江印务有限公司
成品尺寸	125mm×190mm
印　　张	7.75
字　　数	90千
版　　次	2023年12月第1版
印　　次	2023年12月第1次印刷
书　　号	ISBN 978-7-220-13497-5
定　　价	48.00元

■版权所有·侵权必究
本书若出现质量问题，请与我社发行部联系更换
电话：（028）86361656

序

"可怜天下父母心",这是一句众所周知,却很晚才能懂的老话。其实,父母对孩子的期许早在母亲胎中,甚至孕前可能已经形成。随着这种期许的形成,"可怜"与父母也就如影随形了,一生都无法改变。当下,年轻人或许不愿意再做可怜的父母,也可能根本不认同可怜的定位,但有一点我认为值得做,那就是尽早地让孩子知道父母的可怜、可爱、可信,不一定非要等孩子做了父母以后才自己领悟。我写这本《父亲的声音》就是以此为初衷。在孩子即将长大成人之际,在孩子经历生活磨难之际,在家庭出现变故之际,将孩子的心与父母的心调在同一波段上,让他们感知父母的心律。孩子不仅是血缘上的传承,也是精神和心灵上的承继。还有父亲,这个在孩子眼中寡言少语却支撑家庭的形象,要开口说话,把心交给孩子。通常,一个沉默的画面只能留存在记忆中用于回忆,而有声有色的画面可以在现实中调动和影响孩子的情智。父母把心早一点系统地告诉孩子,父亲早一点与孩子交心,这将是一幅多美的家庭画面。如果孩子早知父母心,社会就一定会流行"可爱天下父母心"了。

目 录

引 子 / 001

妈妈留下一封信 / 003

你继承了妈妈的美丽 / 009

婚前要得越多,婚姻中失去得就越多 / 011

爱情的泰山,很少有人能登顶 / 014

在平等的条件下,自由与博爱不是问题 / 016

父母所赐,真爱生命 / 019

工作只是生活的一个选项 / 021

你不是我们的面子,你是我们的延续 / 023

钱是用来提高品质的,不是提高身价的 / 025

人活着不难,活出和谐来很难 / 028

我们可以做父母,也必须做夫妻 / 031

夫妻在家吃饭叫过日子，在外吃饭叫浪漫 / 034

物质上的奢侈比不上文化上的奢侈 / 037

做别人鼓吹的事，是因为自己不知做什么事 / 040

我们敢说有朋友，但不敢说有友谊 / 043

拒绝别人的说教也是一种自负 / 046

可以不做成功人士，但要有成功人生 / 049

在很多情况下，赢了别人会输掉自己 / 052

你如果爱书，你就会觉得幸运和幸福 / 055

学问不是简单的知识，而是对知识的看法和应用 / 058

爱好是一种经得起曲折和考验的品质 / 061

让人忽视尊重的，一是爱，一是偏见 / 064

只要接受吃亏，吃亏就会停止 / 067

学霸进入社会后就霸不成了，很快成为靶子 / 070

不做小心眼的人，就是一种包容 / 073

没有诗的旅行是出差，没有诗的聚会是开会 / 077

相守的珍贵往往在于离别的愁苦 / 081

我们常被气质迷倒，这就是品位的杀伤力 / 085

通情达理时，打闹就是爱情的烟火，否则是玩火 / 089

高考不一定要考得高，但要考得上 / 093

柔软变成刚强，勇气化为力量，这就是勇敢 / 097

我们都不是竞争的赢家，赢家是别人 / 101

爱是一种感觉，凭感觉找幸福，得到的是幸福感 / 105

学校的洁净是让学生看到一切好的东西 / 109

每个人的爱情是不一样的，但婚姻大体相同 / 113

没有文科思维和理科思维，只有科学思维 / 117

血脉是路，心灵是我们，路通了，心也就通了 / 121

大众生活是互联网，自己的生活是电脑 / 124

爸爸妈妈都会做事，都不会做官 / 128

能把坏事变成好事的人就是传奇的人 / 132

好的人生一定是好选择的积累 / 136

真爱是人不在以后的思念 / 140

父母要学会说话，孩子要学会听话 / 144

男人不仅要有男子气，还要有男人观 / 148

不幸福的人才追求幸福感 / 151

我们无法总赢，但能做到少失败 / 154

西方人看谁活得快乐，东方人看谁活得成功 / 158

生活可以平淡无奇，但记忆要有声有色 / 162

事实证明，人不为财未必死 / 166

能让人思念的人一定是被人爱戴的人 / 169

文学是望远镜、放大镜、凹凸镜 / 172

没必要成为哲学家，但要做生活的哲人 / 176

能看到绘画的不可见部分，才叫懂画 / 180

我们是音乐的邻居 / 184

我们收藏古董，其实是古董收藏了我们 / 187

家要重装饰，人要重装修 / 191

等待是人要学的一大课题 / 195

创造方便是能力，享受方便是丧失能力 / 199

有的人不追时尚反而时尚 / 203

我们实际上是不喜欢阳光的 / 207

能表白爱不一定能表达爱 / 211

有时候越成功的人离雅越远 / 215

见多不等于识广 / 219

只把电影当休闲，既糟践电影，也糟践自己 / 223

我们无法掌控生命，但能用好时间 / 227

学霸不是比谁更勤劳，而是比谁更有天分 / 231

做第一是超越自己，做唯一是自以为是 / 235

后　记 / 239

引 子

慰儿：

妈在你一周岁时，以父母的名义给你写了一封家书。我当时看过，没有特别的感动，只是遵照她的要求，作为一份档案，郑重地保存起来了。

妈妈并没有像我想象的那样，在每年你生日时写一封。这封信竟然是她亲手留给你的唯一一封家书。时隔十七年后，再看到它，我觉得它更像一封遗书，把她对你的爱和期望一并写下来，内容完整，面面俱到。我觉得她是先知先觉，加上，她要求你在13岁之前，一定要背下她为你挑选的中国经典智慧书籍，应该说她在不知不觉中做下了先知先觉的事。爸爸恨自己对此没有丝毫的意识，还自称是敏感分子，是先知分子。现在读这封家书，除了思念、佩服和感动，还产生了责任感、使命感。她迈出了第一步，并不是自己要走完这个旅程，而是要我，甚至要孩子你共同完成这段亲情和爱的旅程。现在，我就接过这个接力棒，把妈妈开启的书写旅程继续下去，让它从一封家信，变成一本家书，再由你从一本家书写成一部家书。

　　孩子，接下来爸爸要唠叨了，要讲一些故事，家的故事、妈妈的故事，当然还有关于我们梦想的故事。在这些故事中，你出镜或不出镜，都是主角，都是一个完整而真实的存在。爸爸只是一些闪回镜头，让记忆有形、有色、有情。我们就从妈妈的这封家书写起吧。

2016.8.27

妈妈留下一封信

慰慰：

首先祝贺你周岁生日。

去年的今天，也是秋风送爽、阳光明媚的天气，你于上午10时20分来到了人间，整整365天，吸吮着大地甘美的乳汁，享受着亲人们浓浓的爱意，幸福地成长起来。

记得刚把你从产房送到妈妈身旁的小床时，你的脸儿粉嫩，头发乌黑，双眼紧闭，大人们围着你端详，试图找出爸爸或妈妈的印痕。"你看，他的眼睛那么长，肯定有双漂亮的眼睛。""他长得像个女孩，男人女相，肯定有福。"在七嘴八舌的评论中，你的左眼使劲睁开了。"哇，真是双眼皮"，又过了些时候，你的右眼也睁开了，也是大眼睛，你好像用实际行动印证了人们对你的猜测。于是，大人们满意地走开了。你呢，也满意地进入了梦乡。

一年来，你战胜了婴儿黄疸、幼儿急疹（7个月时）、扁桃体炎（11月时）等疾病，一步步迎接新生活的挑战。

你学会了笑——开怀地笑、爬——飞速地爬、站——笔直地站、走——稳当地走。你清脆地呼唤"妈妈、爸爸"，让我们心花怒放，热泪盈盈。小家伙，你最爱玩的是球，无论大球、小球。只要是大圆的，就踢，连圆盒都不放过；小圆的，就扔，把小球专朝大人不防备的地方扔，每每看到大人没有接到球，不得不趴在地上捡球时，你就爆发出胜利者般的哈哈大笑。

你最爱听音乐，模仿爸爸打拍子，音乐戛然停止时，你的小手也在空中停顿，而当妈妈唱"两个小娃娃，正在打电话"，你会使劲晃着脑袋当过门。你温柔可爱，天性善良，你轻轻抚摸着90岁老爷爷的脸，深情注视着老奶奶慈祥的面孔，朝小孩们快乐地微笑。你的柔情和善良征服了所有人，就连正在执勤的警察叔叔都忍不住抱起你。当你走远时，"瞧，他还冲我笑呢！""注意保护他的眼睛，它们很漂亮。"

亲爱的宝宝，愿你在爱的海洋中健康正常地发展个性。

但是，未来的生活不总是粉红色的，因此，妈妈爸爸要帮助你做到以下几点：

1. 学会忍受痛苦。小时候要经受冷、热、风寒疾病等考验，磨炼自己的意志。人是自然的产物，不是生活在真空中，求生存是人的本能。Keep on Trying.No matter how hard it seems. it will get easier. 记住：天将降大任于是人也，必先苦其心志，劳其筋骨，饿其体肤，空乏其身，行拂乱其所为，所以动心忍性，曾益其所不能。

2. 学会独立生活。如欲在这个社会上生

存，就要学会独立。这个世界没有救世主，没有人可以永远依靠，求人不如求己，Take control of your own destiny，学会独立思考，独立解决问题。

3. 学习开朗、乐观。开朗的性格可以赢得朋友，使生活多彩，乐观可以战胜孤独，提升情商。健康的心态是你成功的保证。

4. 学会创造生活，创造财富。未来的社会是经济至上的知识社会，满腹经纶的书呆子将被淘汰。因此，在学富五车的基础上要学会把知识应用到创造财富上面，向着自由职业发展。

慰慰，妈妈38岁、爸爸41岁才把你迎接到这个世界，主要基于如下考虑：

1. 妈妈、爸爸都是大学生，寒窗十余载，付出青春年华，努力将西方最先进的哲学思想、理论介绍给中国读者，《知识考古学》《世界文豪妙论》《法国影人录》不仅是留给你的，也是留给社会的财富。

2.妈妈、爸爸都当过老师,深知如欲教育他人,必先丰富自己。因此,我们在年轻时代,成为外交官,走出国门,周游世界,丰富人生阅历。

3.妈妈、爸爸创造了精神财富,也创造了一定的物质财富。

许多母亲认为有了小孩后,就该做燃尽的蜡烛,以为全身心地投入到子女身上才是好妈妈。殊不知,二十来岁有了孩子,就放弃自我学习,这是自己的悲哀,社会的悲哀,其实也是子女的悲哀。我们愿同你共勉共励。

Vital这个法语单词的意思是:生命的,充满活力的,有生命力,极其重要的。这是你的法文名字。愿你生命树常青。

纬达:是你的法文名字的汉译。纬:经天纬地之才,纬武经文,指能文能武,有治世之才。达:阔达,达观,四通八达,愿你成为国家的栋梁。

慰慰：小名，慰藉，安慰。爷爷、姥爷70岁才有了你，你的欢声笑语为他们带来了无尽的快乐。这就是你名字的全部含义，蕴含着妈妈、爸爸对你的期望和爱意。

亲爱的小宝宝，今天是你的周岁生日，妈妈爸爸可以给你买贵重的礼物，但那是可以用金钱买到的。妈妈给你写这封信，在你以后懂事的时候读它，你会体会到妈妈的用情之深，它是世界上独一无二的礼物，难以用金钱衡量，而你也是独一无二的。You are unique of all of God's creation.Nothing can replace you。

愿你快乐，愿你幸福。

顺颂秋安。

爱你的妈妈
1999.10.20

你继承了妈妈的美丽

孩子：

　　妈妈走了已经四年了，她算得上英年早逝。因为她在52岁的年龄还是那样美丽，不仅是我眼中的美丽，还是绝对意义上的美丽。你要切记她是在美丽中逝去，她的一生虽然短暂，但不曾遗憾。她从学校到职场都很优秀，低调中有一种坚韧，也有一种神奇。爸爸此生有了她，有了你，已实现大半意义，人生已近圆满，何况还有些许建树，爸爸也活值了。

　　现在看你的了，你继承了妈妈的美丽、爸爸的小聪明。你在16岁所体现出来的所有气质都是我意想不到的，远远超过我16岁时的状态。你的学业、事业，爸不担心，只要你认真，坚持，一定做得比我们好。你的健康，爸爸最焦虑，这是因为我们怎么努力也无法避免疾病上身，爸爸对于无法控制、力不能及的事情总是恐惧。如果我在佛门，倒是可以放下；可我在俗世，又只有你一个孩子，我没有资本承受和经历意外，这是我老年时的心态，是妈妈走后才有的心态。也正是因此，我知我老了，我能做的只有祝福了，我不能为你再创造什么了，但愿我和妈妈用善良和吃亏积下的微德能为你抵抗灾祸，保你顺吉。

2016.8.31

婚前要得越多，
婚姻中失去得就越多

孩子：

爸爸爱上妈妈，或者妈妈爱上爸爸，理由和过程都非常简单，我可以只用一个段落镜头，加上两句对白，就能呈现我们相爱的全过程。背景是大学的某教室，时间是1981年的一个晚上。妈妈问爸爸：你除了学习，还做些什么？爸爸答：做法国史的研究。妈妈又问：你可以带我一起吗？爸爸先惊讶，然后立即回答：当然，正缺像你这样的帮手。第三句似乎已经用不上了，那时我们不仅开始志同道合，而且因此又很快地情投意合。

我们的恋爱就是在共同收集欧洲王室联姻资料时开始的，我们在一桩桩王室和古人的婚姻中，看到了婚姻的实质——脆弱和利益关系。因此，我们对我们未来的婚姻并未寄予多大的期许，它与我们一生的梦想没太大关系。我们始终在意的、耕耘的是我们的心灵、我们的默契。我们都认为情感就是结合，就是婚姻，后来果然，我们的结合、我们的婚姻亦如我们的恋爱，还是那样的简单、质朴。

当然，那个时代的婚姻都是质朴的，但我们的质朴婚姻是由质朴的感情构成的，所以历久弥新。爸爸用自行车把妈妈接到家中，两家人吃过饭后，婚礼就完成了，婚姻就开始了。几年前，妈妈突然发病，爸爸竟然还是用自行车把妈妈送进医院，她没能再出来。这时，我才知道我们的婚姻结束了，我变成单身和单亲。孩子，你知道爸爸从来都是打车的，迎亲时，爸爸没钱，送妈去医院时，是因为自行车最快捷。爸爸拼命骑，10分钟后，妈妈就得到了抢救。孩子，自行车竟成为我们婚姻开始和结束的道具，像一种宿命。

婚姻与幸福的神奇往往是由简单维系的，婚前要得越多，婚姻中失去得也越多。

2016.9.1

爱情的泰山，
很少有人能登顶

孩子：

爸爸妈妈结婚时，有一个9平方米的卧室和一个10平方米的小客厅，房子虽小，却让爸爸布置得古色古香，像一个书斋，也像诗人的草堂。我们结婚后仅剩两百多元和十几天婚假。第一天，我们就回姥姥家蹭饭，姥姥和姥爷看我们可怜，便联系了山东的朋友，给我们安排了一次简单的旅行结婚。我们选择了游孔子的老家曲阜和登泰山。从此，国学和山水走进了我们的婚姻，后来外交和异国情调与国学和中国情怀交错交叉而行，充溢着我们的工作和生活。古今中外在我们的小家和我们的情感中扎了根且开了花、结了果。登上泰山，我们看到了众山之小，也感受登临的愉快。

如果把婚姻看作爱情的泰山，在婚姻面前，一切情感都微不足道，登上婚姻殿堂，就是爱情极界，那就错了。爱情的泰山，很少有人能登顶，这是我们开始登泰山时的感叹。因为这一声感叹，我们尊重所有的情感，让我们像泰山高大而包容。泰山之美何尝不是众山之美，爱情之美何尝不含诸爱之甜。爸爸和妈妈从9平方米的婚房又住进了一个苍茫大山的婚房，从此爱与生活，自然与心灵就叠合在一起。

从某种程度上讲，你现在身上吐露出来的一些气息和能量就来自泰山和曲阜。男儿本应有大山之怀。

2016.9.2

在平等的条件下，
自由与博爱不是问题

孩子：

爸和妈是大学同学，我们不是一见钟情，应该说妈妈是通过人们对爸爸的议论来认识和了解爸爸的。我们从未接触过，聊过天，但就那一晚的几句话，我知道我找到了知己，而且还是一个美丽的红颜。

在学士论文中，爸爸研究法国文学家的旅行和创作，妈妈研究法国文化沙龙对文学创作的影响。这里有三个关键词，文学、旅行、沙龙。几十年过去了，回头看，我与妈妈搞翻译，以文为主，我们的爱好是文学艺术的，旅行更是我们生活的一部分，路程早已超过万里，其中颇有收益，以后慢慢说。

沙龙，可以是城堡，可以是书房，可以是客厅，饮茶围炉，诗词唱和，秉烛豪饮，放飞梦想，一根雪茄，一杯咖啡，当然还要有一支鹅毛笔，它们构成法国的生活方式：闲逸与品质。我们没想到昔日的毕业论文成了我们生活路线和路标，我们随心所欲地享受着这条旅行线路。

当然，在旅程中，我们更珍惜法国人创造的自由、平等、博爱的生活法则。这里的自由，更多地指思想的自由；这里的平等，指性别的平等；这里的博爱，是针对狭隘爱情而言的大爱。当下，人们的身体都是自由的，但思想已被控制；人们看不到人权上的平等，只认物质上的平等；博爱则被引向爱动物、植物，反过来，对人，对周围的人更加吝啬。在这三个伟大词语中，平等最为重要，在人人平等的情况下，自由和博爱似乎也不是问题。爸爸和妈妈是自由的、平等的，而且是博爱的，我们不是做得最好的夫妻，但确实是践行这条理念的夫妻。从这个意义上讲，这条理念不仅是法国的，还是世界的。

2016.9.2

父母所赐,真爱生命

孩子:

爸爸现在向你坦白,我和妈妈结婚后,并不想要孩子,我们要用我们的所学到外面去闯一闯,去看一看,去经历旅行带来的生活和收获。从结婚到有你,有14年的光景,爸妈身边的人都以为我们是"丁克"一族,是不要孩子、不做父母的大孩子。这期间,爸爸和妈妈走过不少地方,去了非洲和欧洲,以及大半个中国。

直到1998年,这种生活终止了,因为你来了。妈妈已是高龄产妇,但她毫不畏惧,倒是爸爸总是忧心忡忡,担心妈妈,也担心你是否正常。妈妈知道爸爸玩心未泯,让爸爸在你降生前两个月,单身去了泰国,填补亚洲旅行的盲点。爸爸去了一个星期,就是这一个星期让爸爸发誓从此永远留在你们身边，不再离开。世界之大是游不完的，天下之美是看不尽的，何况这时，你们已成为我的世界，我们一家就是我的天下。爸爸就是去上海出差也是当天返回。结婚好像不是成家，有了孩子才算有家，我们收起了游子心态，陪你一起宅在家里。爸爸陪妈妈坐了八个月的月子，一边照顾她和你，一边译书。安定、和谐和忧虑从那时住进了爸妈的心里。原谅我们吧，没有早一点把你生下来，但你到来之时正是爸妈最成熟、最好的时候。你的血脉、你的基因都告诉我们你来得正逢其时，是老天恩赐。爸妈用你的胎发做了一支笔，上面刻下"父母所赐，珍爱生命"，这支笔你一定要留好，它不仅是你的，也是我们的。你现在18岁了，长得比爸爸高，脸庞像妈妈，你吸收了我们好的地方，超越了我们。如果有可能，爸爸还会写一篇《旅行有益孕育》的论文。

2016.9.2

工作只是生活的一个选项

孩子：

　　妈妈虽然个子不高，但很了不起。考大学时，她根本不到年龄，还没有毕业，学校因她成绩好，推举她参加77级高考，结果一考而中。当时没有状元的说法，否则她一定是个三甲之一。妈妈上大学法语系，从零开始，可她的同学们都是学过法语的，最长的已有七八年；爸爸是最短的，在外校也学了三年，在小学教了一年法语。妈妈没有落下，在毕业时已属优秀行列。妈妈毕业后，当上了北京轻工学院法语教师，后来调入首都大酒店做人力资源总监助理，此时又获旅游英语文凭。她的工作是双语的，英语为主，法语反而为辅，再后来她跟爸爸一起做了外交官，回任后调入凯莱国际饭店集团任人事部经理。有了你之后,妈妈找了一个悠闲的工作,法国农科院驻华代表处,全处共两人,男代表主外,妈妈主内,工作和生活得到兼顾。从这条轨迹上看,爸爸有两点佩服妈妈,第一,她在职场上能顺势应变,把自己做强做大,学习并掌握了英语,学习并实践了人力资源管理。第二,在逆境中,收放自如,既可在风口浪尖上拼杀,也可放下一切,守住自我。

爸爸和妈妈都曾接触过一定的权力,但并不留恋它,仰视它,它只是我们生活中的一个工作选项。妈妈为了你选择离开权力争夺,寻得自在,爸爸也为了离家多年而内疚,放弃了巴黎,回到你的身边。爸爸和妈妈的工作有起伏,但我们的生活没有起伏,是平稳和谐的。法国人说得好,工作是为了活着,活着不是为了工作,工作好不代表生活好,工作不是一切,生活才是一切。

2016.9.2

你不是我们的面子，
你是我们的延续

孩子：

你出生的20世纪90年代，正是应试教育最狂热的年代，进行胎教的人不算，两岁孩子上早教班、兴趣班的多不胜数。所以，没有上过各种班的孩子倒是好统计。望子成龙，望女成凤，赢在起跑线，不甘人后，这些都是时代的主旋律。爸妈并不赞同，我们信仰童真和童趣，也相信天才和平庸。在这一点上，妈妈喜欢法国卢梭的《爱弥儿》，爸爸喜欢卢梭的《论不平等的起源》。天才儿童也不少见，但发现儿童的天赋是对父母的第一个考验。孩子有兴趣，有特长，要培养；有天赋，更需培养，否则是犯罪。爸爸在体育上观察你，妈妈在素质上观察你，生怕耽误了你的天赋和特长，可我们也知道天才儿童未必幸福，天才儿童的光环后面是成年难以承受的重负。爸妈反而希望你普通，在普通人里居中上，爸妈就是这个位置。我们在这个位置上，学习轻松，工作轻松，生活也轻松，太出色或太差都比要承受多得多的磨难。为此，我们不听舆论的蛊惑，只让你就近上学，让你有一个轻松愉快、不攀不比的童年。从目前的结果看，我们对你的教育投资是零，而你对我们抚养的回报是优秀，是名列前茅。12年义务教育本是义务的，优劣也是暂时的，爸妈并不想创造、供奉一个学霸，而是想让你在获得知识的同时，摸索学习的乐趣和规律，为以后的工作和生活打基础。爸妈希望你大器晚成，有后劲。

  孩子，你不是我们的面子，你是我们的延续，轻松地过正常的日子，像正常人一样生活，保持不上不下的状态，这其实一点儿也不简单。

2016.9.3

钱是用来提高品质的，不是提高身价的

孩子：

你现在18岁了。我想在你的记忆中，爸妈没有吵过大架，也没有每天说上几次或十几次我爱你。妈妈性格好，爸爸性子急，这固然是难吵架、少吵架的原因，但真正的理由是妈妈和爸爸有着共同的人生观和相似的价值观。如果一对夫妻在这两个观上没有分歧或较少分歧，家庭的和谐和睦是有保证的。

说到人生观，我们谁也不想做人上人，更不愿意仗势欺人。我们愿意做业务上的强者，但不想成为权力上的强者，因为要成为权力者必须首先承受权力者的欺凌，忍不了辱便掌不了权。我们不以权力为目的，自然不堪忍辱，我们尽量远离小人，哪怕权力被小人篡夺。妈妈和爸爸在职场上只获得了与能力和业务相关的职位和职务，我都做好了工作，但没有欺负任何人，我们不甘平庸，但绝不会不择手段地成为精英。妈妈和爸爸深知官场的污染，所以尽量自洁，甚至主动退出，归隐家园。家里有温暖，有理解，有依靠。妈妈和爸爸在翻译上取得的成就都是在家完成的，知识者、文化者沾权即变。

说到价值观，则更加简单，我们都不热爱钱，不想发大财，横财必倚横祸。我们只求相对富裕，吃穿不愁。此外，我们不想以钱生钱，而会用钱买时间、买健康、买品位，钱是用来提高自身品质的，而非自己的身价。我们在孝上花钱，在爱情和友谊上花钱，在享乐生活上花钱。我花钱买古董，妈妈同意；妈妈花钱买她喜欢的东西，爸爸赞成。我们的钱始终放在一起，除了保证生活外，我们只求把钱花对、花好、花值。我们积累下的一切，现在都属于你了，我们玩够了，就让它们为你所用吧。

2016.9.3

钱是用来提高品质的，不是提高身价的

人活着不难，
活出和谐来很难

孩子：

你现在生活在爸妈创造的生活氛围中，一睁眼就可以看到围满四壁的书籍和沿墙排列的明清家具。家中有古有今，有非洲的艺术，有欧洲的艺术，你足不出户，已在四大洲之中。这也曾是爸妈的梦想。我们从无到有，像燕子衔泥一样筑就了这个文韵之家。我们学习、工作，就是为了寻找一种属于自己的生活方式，反过来，这种生活方式一旦形成，就会主导我们的生活，让我们在无数的诱惑中守住自我。

爸爸从小受太爷爷书房氛围的影响，发誓这辈子一定要有一个书房，不仅有书，还要有古董。爸爸在上大学期间，就已经有了数百本书。刚刚分到房子，爸爸就让书抢先占领了墙面。妈妈总是不声张，也悄悄增补她喜欢的书籍。我想我们创造的这个氛围也一定会影响到你，环境对人的成长非常重要，我们可能影响不到你，但我们生活的环境可能已经影响了你。你的是非观、审美观乃至价值观都会悄然成形，只是你现在还无法识别它们。当人们有了一个可心的生活环境，就会有一个固定的生活方式。妈妈的淡定、稳重在工作和生活中是一致的，爸爸去她的办公室，她就会用紫砂壶沏茶，用法国利莫日瓷器冲咖啡。爸爸写东西，看东西，总喜欢去咖啡馆，在特浓咖啡香味中去消磨一个平淡的下午。

孩子，人活着不难，要活出个法来很难，爸妈在这个活法中达成了一致，找到了和谐。这就是爸爸追求的氛围，妈妈现在走了，爸爸很难再找一个认同它的人。有时候，事情太极致了，注定是孤独的。妈妈走了，我才知道她是唯一的，举世无双的。爱在产生时叫恋爱，在爱人走后叫真爱。

2016.9.3

我们可以做父母，
也必须做夫妻

孩子：

爸爸妈妈的生活理念是先让自己成熟，然后再要小孩。结婚后，我们也确实用各种方式来体会家和夫妻生活。我们曾小别过，再见如新婚。我们一同历险去非洲，同生共死，我们一同旅行，她写游记我作诗，我们一同居家，我做饭来她洗衣。咱们家是一个大家庭，上有太奶奶，下有一群孩子，爸妈是居中的一代人。我们对上孝敬，对下疼爱，全家都看好我们这对夫妻。爸爸在婚姻中体验温暖和责任，当然也体验到成功。我们的小家搬过四次，每次都大一点，好一点，家里的摆设从仿古到真古，从单一的中式到中西合璧。爸妈最大的成就是成家，成家最大的乐趣是有了你，你是我们创造的一个精灵，有了你以后，妈妈心满了，一步也不想离开你，她放弃了旅行，即便出门，也只是为了出国探望爸爸。

　　说到这里，我还想说我们爱你，但并不宠你，我们在你六个月大时就寄托他人，在你八个月大时就正式把你寄托在一户人家。这户人家看上了你，喜欢你，我们也就满怀欣喜地把你交给了她。爸妈每天晚上去看你，跟你玩，每周末接你回家，过全家福的日子。爸妈把你寄托出来，是为了保留我们的夫妻生活，有些夫妻因为有了孩子就不再过夫妻的生活。我们反而觉得我们是孩子的家，但孩子不是我们的家。我们的两人世界是属于夫妻的，我们可以做父母，但我们也必须做夫妻。做夫妻是造爱的过程，是爱情的延伸，孩子是亲情，是爱情的扩展。夫妻好的家庭对孩子也一定好。现在有那么多单亲家庭，不是孩子出了问题，而是夫妻出了问题。爸妈是从法国人的生活中意识到这一点，也因此有意做出这样的安排。

2016.9.4

夫妻在家吃饭叫过日子，
在外吃饭叫浪漫

孩子：

你的前十年，大多数时间是在阿姨家过的，这是一个北京市民典型的生活，一日三餐阿姨做，大大上班，你上面还有一个哥哥和一个姐姐，以及阿姨替弟弟代看的女儿。这一家六口住在一套一居室的公寓里，应该是艰难的，可我和妈妈却没有感觉到苦，看到的是其乐融融。你的游戏空间就是大床，你的游戏天地就是楼的走廊。妈妈和爸爸做这样的决定无意中让你接了地气，不嫌贫爱富，而且懂得什么是朴实的爱和知恩图报。现在你长大了，阿姨和大大都老了，他们想你，你也想他们，假日总惦记去看他们，在他家住上一晚，再睡一睡那个伴你成长的大床。周末，你回到另一个爱巢，家里有姥姥、姥爷、爷爷、奶奶。你多大，家门前的小老虎饭店就开了多少年。老板娘总为你开门，给你让座，你因为属虎，是小老虎，所以我们是这家饭馆的常客。妈妈爸爸总带你出去吃，是因为我们不愿意把时间都花在做饭上。过去，吃不起饭馆，现在各种饭馆可以为我们所用了，为我们的生活方式所用。你回家我们吃团圆饭，你不在家时，我们吃烛光餐。夫妻在家吃饭叫过日子，在餐馆吃饭叫约会，叫浪漫，你点一道，我点一道，双方都知道各自的需求。当然爸爸是会做饭的，只要妈妈想在家吃，想吃爸爸拿手菜，我就会麻利地操作起来，守着夕阳，吃一顿省钱的饭。生活有人定义为过日子，有人定义为享乐，有条件一定要享乐和享受，因为这是我们活着的意义。俭朴、节省也对，只要用对了时候。应该说爸妈的生活是有效率的，事业、孩子、家庭、感情、品位几乎都照顾到了，而你最让我们自豪：你能上能下，能好能坏，没有被宠坏，也没有受虐待，我们的生活是完整的、正常的。

2016.9.4

物质上的奢侈比不上文化上的奢侈

孩子：

爸爸回想了你16岁以来的生活状况，还真没有什么骄人的地方，你的生活太平常、太普通了，不符合这个时代和我们这一代的生活质量。你因为爷爷是师大教授，所以以三代的身份，进师大实验幼儿园、师大实验小学和师大三附中。按爸妈的说法，这是就近上学，图近，图安全，图省时间。你至今都穿别人剩下的衣服，主要是朋友的孩子和哥哥剩下的衣服。你至今没有出过北京，坐过火车，乘过飞机，就是说你没见过什么世面。你倒是有一些比较好的玩具，但没有好手机、随身听，你有一辆自行车，是哥哥留下的，你喜欢它，不忍买新车，哪怕修车的费用已经超过买新车的价值。你住在爸妈的三居室，和阿姨的一居室，没见过大房子和乡村别墅，你虽然经常在饭馆吃饭，但没有去过高档餐厅、豪华饭店。你没有零花钱，只有一点家人给的压岁钱。这样的生活、这样的条件绝对沾不上奢侈，就是普普通通的平民生活。

可你也有奢侈的地方，骄人的地方，你喜欢画画，第一次看画册，就是法国印象派大画册，你现在有自己的藏书，还有自己的清中期的金丝楠书柜，你为这个书柜投入了自己的压岁钱2000元。你的书桌有大画案，有小字台，有明代的，有清代的。你在家中随手可以触碰法国几百年的艺术品，可以举手把玩中国几千年的文玩。你睡的床是清的，坐的椅子是民国的，你小小的年纪就知道给物件断代，知道它们的材质与名称。爸爸妈妈担心你在古旧物堆中会形成叛逆，反而追求现代主义的东西，可是你没有变成这样，反而比我们更珍惜眼前已有的物件，妈爸以你为傲。这些物件陶冶了我们这一代，还要对你完成熏陶。

妈爸一致认为物质上的奢侈比不上文化上的奢侈，所以说，在物质生活上，你是个平民；在文化生活上，你是个小贵族。有些人富而不贵，你是以贵为富。你赢在了文化这条起跑线上。

2016.9.4

做别人鼓吹的事，
是因为自己不知做什么事

孩子：

妈妈爸爸相识了近40年，结婚近30年，可以说我们在一起已经大半辈子了。生活给予我们的，或者说我们从生活中获得的最好的东西就是始终做我们自己。做自己的具体含义就是不从众，不趋同。但我们从不主张特立独行，我们坚持从自身情况出发，守卫自己的方向。前面谈到许多事情都与这一原则有关。

其实，在妈爸年轻时也经历许多大的社会性潮流，除考大学这个潮流，我们借势而上外，其他的一些大潮，我们更多是做观潮者，未做弄潮儿。比如，出国留学潮，爸妈都有条件出去，可我们谁也没有这样做，因为我们知道这样做，可能发生的几种后果，而且任何一种后果都不是我们希望看到的。再如，全民下海潮，我们看着周围的人，纷纷下海经商，图谋大计，可我们还冷静地守着自己供职的国企，一如既往悠闲地工作和生活。再如，购房热、出国旅行热，我们都在一旁看，我们也旅行，也出国，但都是公派，没有花自己的钱。换句话说，旅行和出国是我们的工作，而非我们的应时举动。再比如，有孩子后，人们所看到各种文艺热、奥数热、名校热和孩子出国留学热，我们不仅没有跟风、趋同，甚至频生反感，自觉抵制。我们固执地认为大众化、赶时髦都是没有自主定见所致，让自己做别人鼓吹的事，是因为自己不知做什么事。

爸妈的一生已过去了大半，没有什么风可以跟了。而你慢慢长大了，在你面前会掀起各种潮、各种风，电子游戏潮卷走了多少好孩子，你幸好未被卷走，有节制地利用它来调节自己的生活。爸爸高兴地看到你已经有了一些自主意识，自己的见解。要不跟风，首先要知风来自何因，好风，当然要借势，借东风以成大事；歪风，要避，要躲，免受其害。凡大众趋之若鹜的必是可疑之风，可先观察，不宜盲目从之，不跟就是自主，就是一种正确的人生态度。

2016.9.5

我们敢说有朋友，
但不敢说有友谊

孩子：

爸爸现在快60岁了，但爸爸也有很多困惑，比如爱情和友情，或者情侣和朋友。

在爱情上，爸爸是幸运的，遇到了妈妈。我们相识得自然，相爱得简单，相守却刻骨铭心。现在回望，妈妈好像是无声电影，她永远在场，却没有太大的声音，不像爸爸总是激越的。在你的印象中，爸爸可能只有声音，没有形象。妈妈无声的存在自她走后化为巨大音响，她当时的低语现在对我就是洪亮的对白。爱情到了这个时候，我们可以说我们彼此拥有了，也共享了。

再说朋友，爸爸有许多朋友，有认识50

年的、40年的或近几年的，就像你的QQ群或朋友圈。那困惑是哪来的呢？古人说，有益友和损友；现在人说，没有永远的朋友，只有永远的利益。爸爸的困惑在这个"友"字上。如果是敌，那自然是对手，是对你不利的；如果是友，就应是朋友、帮手，是对你有利的。既然是友，何来损害？何来背叛？其实在爸爸的一生中，朋友是很重的一部分，即使在我的婚姻中，朋友也是不可缺失的一部分。但是面对朋友的定义，我承认我有朋友，就像我承认我有爱情，但面对朋友本身，我们不敢说我够朋友，不敢说我拥有了友谊。先不说朋友是否会变，就是永远不变，也存在一个深与浅的问题。爸爸可以说有年头很长，相处不错的朋友，但不敢说有感情深厚，不分你我的朋友，尽管后者是我最需要的。但反过来说，年头长，相处好已经很不错了，已经够朋友了。我们不该过于苛求朋友，我心目中的朋友是过过命的，过过情的，有这样的朋友，哪怕只有一人，也是幸运的。孩子，爸爸发了一通感慨，就是想让你懂得朋友的重要。你现在18岁，应该已经有了朋友，爸爸的经验是尽量结交仗义的、慷慨的、有心胸的人，与这些人为友，即是你犯了错误，他们也会原谅你，不会抛弃你。如果遇上仗义、大方的女朋友，也不要胆怯，即使做不了情侣，也是很好的朋友。不势利、不虚荣是交友的根基，否则，你交的友也是损友。有损友，还不如化敌为友，交过手的敌手有时是真正的朋友，这样的例子很多。

2016.9.6

拒绝别人的说教也是一种自负

孩子：

爸爸写到这里，开始纠结，开始意识到这是否是现代人最反感的说教。在文学作品中，人们最不喜欢说教，讲大道理，人们喜欢润物无声。许多人生真谛，人们不愿意从别人口中直接获得，喜欢自己悟，去经历，哪怕是犯错，摔倒，尤其是年轻人。但这恰恰说明年轻人在生活中更需要别人的说教。

在学校，老师都在说和教，在职场，老板也总是说和教，有些只说不教。在家中，父母也少不了说教，懂得儿童心理的父母会言传身教，会以行代教，会谆谆善诱，粗心的父母可能会说个不停，教却不行。至于我们家，妈妈很少说你，只会与你商量，和风细雨，爸爸也少说你，只会教你，教你我认为最重要的东西。爸妈是靠行为说话的，你常看到爸妈都在看书，你常看到爸妈同进同出，你也常看到爸妈基本不吵架，这是一种无言的说教，你都看见了，但愿也懂了。爸爸写这段，是想让你不要反感和厌恶说教，你要学会辨别谁说的最有理，谁教的最有效。说教其实有两种解法，一种是解说加教导，这种说教全世界都需要，花钱都不一定买得到。还有一种斥说和教训，这确实不容易让人接受，甚至伤自尊心，但爸爸的经验是，敢在你面前斥说和教训你的人可能是有本事的人，是真正教你东西的人，这种人多为教官和教练，再有就是父母或夫妻。其实说教，无论前者还是后者，本身并无不好，只是需要注意方式方法，或者因人施言，因人施教。爸爸在教你打球时，很严厉，你并不反感，更不反抗，你实际上不怕说教，而是怕冤枉和误解。你现在还小，一定要多认老师，而少为人师。爸爸好为人师，虽然这是读书上进的动力，但毕竟有点自负，而这种自负会令人不快。爸爸要少说教，你要多听说教，把一切说和教都当作学习和识人的社会。

我们现在的社会，是会说教的人太少，瞎说教的人太多。拒绝别人的说教也是一种自负。

2016.9.6

可以不做成功人士，
但要有成功人生

孩子：

你5岁时，我离开了你，去了法国，历时3年半。回来后陪你走过了小升初、初升高和妈妈去世等重要节点。在此之前，你寄居阿姨家，上幼儿园，这两个重要阶段，爸爸也都在你身旁，你的成长爸爸都看在眼中，我从内心为你高兴，这几个阶段你都很好地度过了，而且收获也丰。10年寄居，你为自己找到了一个阿姨妈妈，小升初，你异军突起，成为市三好学生，这一点妈爸都不如你，初升高中，你在实验班，步步为营，一步一个脚印，先进50名，再进30名，最后名列年级前10名，有些课程，还赢得年级第一。这一点,爸爸更不如。

爸爸在学校几乎没有任何过人之处,名列中上,不好不坏,我能记起比较牛的事情是第一次玩弹弓就打下一只正在飞的马蜂,第一次打保龄球就打倒十个瓶,第一次打高尔夫就进洞,第一次打棒球就能击中来球,第一次射箭就射中靶心,第一次射击就打出9环。这些第一次也都是唯一一次,全是蒙上的,这只能说明爸爸能蒙,很走运。爸爸也做了一些真牛的事,不过都是职场上,在此不具。

男孩子爱玩,但要会玩,因为会玩本身,就是学习、寻找规律的过程。玩得好等于学得好,所以说,玩或游戏是最好的课堂。爸爸从不反对你玩,只关心你玩得好不好,像不像样。玩不一定要成名成家,但要有模有样。实际上,儿时玩得好坏也决定职场上的表现,个人的技巧、团队的配合、战术的应用都是职场的要素。爸爸相信,如果玩不好你喜欢的游戏和运动，你的工作也不会太出色。玩家可以变成赢家，就是这个道理。爸爸不能跟你玩，但关注着你的玩，游戏既是游戏，也是人生。爸爸追求让人生好玩，让自己在这一生中玩得开心，玩得爽。

爸爸并不希望你成为什么成功人士，而是希望有一个成功的人生，即在人生的每个阶段都顺利。你已经顺利地走过了几个阶段，以后还要面对高考、工作、婚姻等重要阶段，顺利地完成它们就是成功的人生。

2016.9.7

在很多情况下，
赢了别人会输掉自己

孩子：

你知道妈妈最骄傲的是什么吗？就是生了你，她想要男孩，就生了一个男孩。这是命运，再努力也得不到的结果，而且你还承继了父母的优点，妈妈矮小，你却高大；爸爸不帅，你却漂亮。你在体质上随妈妈，身体柔软度好；你在学习上，又像爸爸，学习不费劲，只要听就能懂，只要细心就表现不俗。爸妈在你上高中前有一个默契，宁可让你在学习上居中，也要让你玩好，有一个轻松、放松、愉快的童年，这一点我们做到了，你也做到了。

高中是一个需要拼搏的学习阶段，爸

希望你学得聪明，掌握规律，驾轻就熟，举一反三，如果能这样，你还有时间可以玩，可以放松，追寻你自己的爱好。少年除了学习就是玩，这本是玩的季节，我们都应顺时随季，顺其自然。让自己的一生好玩，并不是真的玩过一生，而是玩出名堂，玩得有创意。如果从创造性上讲，很多科学家的发明都是玩出来的，玩着，幻想着，就发现了真理；玩着，不经意间，就看到了问题。这时的玩虽然不是儿童的玩，是一份工作，但只有在玩的心态下，才不会有太多的压力和名利之累。爸爸在快退休时，才敢说这话，如果轻松是一生，累也是一生，不如选择轻松。男孩子注定要玩，要干，要成功，要争强好胜，因为女孩子永远选择强者和赢家，这是物种的天性。爸爸这一辈子没有停止过争强，甚至逞强，但很少好胜，也很少取胜。在别人眼中是强者，有本事，不被人轻视或忽视，爸爸做到了，但没必要胜别人，天下独尊。这不仅累，胜算也少，就是真的做到了，也会后悔和羡慕别人的轻闲和普通。男孩子，玩要有特长，学习要有能力，工作要有创造性。玩、能力、创造性这三者缺一不可。孩子，你虽然没有什么专长，但你有悟性，玩什么都是自学的、自悟的，没有人教，没有指导，没有一分投入。从现在情况看，你一点儿不弱，可以去争强，让自己更强、更大。

爸还是那句话，做什么像什么，玩什么像什么已非常人所能，不必见人必胜，见人必赢，因为在很多情况下，赢了别人会输掉自己。

2016.9.8

你如果爱书，
你就会觉得幸运和幸福

孩子：

咱们家什么最多，什么最深？是书。爸爸的书大致分古今中外，涉及社会和人文学科的全部领域。你正在读书，可你读的不是真正意义上的书，是课本，是考试内容。不想看的、不想读的必须读，想看的和想读的未必能读。我想纵使我们再有代沟，在这一点上也是有共识的。

爸爸在中学开始读课外书，实际上就是在接触社会，涉足世界了。想一想，一个人躲在图书馆里，手中所见的世界已经废除了国界，穿越到了古代。这种以书承载的世界，所呈现的人生实际上就是我们人生的延长、扩展或者借鉴。爸妈上大学开始买书，把经典的人生、神奇的宇宙拿回家，放在床头。爸妈是看了许多的世界才真正走出了国门，在我们开始生活时就已经掌握了生活的许多真谛和经验。人们说书是老师，书是朋友，其实书还可以是许多，是情人，是敌人，是天堂，是地狱。

作为人，我们的生活有时不受我们控制，不以我们的意志为转移，但书里的人生，我们是可以选择的、遴选的。孩子，你如果爱书，你就会觉得幸福和幸运。爸妈用大半生才积攒和收藏下这些书，它们已经不是金钱的概念，尽管书中自有黄金屋，它们更像是我们的家人，它们散布在世界各地，最后终于由于缘分而相逢相聚，它们在咱家不吃不喝不消费，它们只是静静地等待你看它，抚摸它，读它，它们对你的爱，你只有读它们时才能体会。爸爸现在告诉你，爸爸因为爱它们，收藏了它们，而它们现在正等着你去爱它们。你只需翻翻它们，它们就会回报你。原则上说，我们不是它们的主人，它们的主人是作者和出版者，但我们是它们的主宾VIP，它们会专门服务于你，你读它们付出多少，它们就回报你多少。就目前而言，这些书是你无怨无悔的朋友，它们成千上万，你抽空去认识他们吧。你暑假不是拜访了法国的蒙田吗，他不是对你说了许多有用的思想吗？爸爸宁愿你不听我的，也要听书的，把书当作你一生的财富和人脉。

2016.9.8

学问不是简单的知识，
而是对知识的看法和应用

孩子：

如果爸爸问你长大后想做一个有知识的人，还是有文化的人？你可能会不知所以，有知识的人与有文化的人有区别吗？知识与文化有高低贵贱之分吗？也可能你觉得这个问题很愚蠢，是一个伪问题。反正爸爸从自己的观察中发现，现在可以说几乎没有没知识的人，但确实有没文化的人。

大学毕业生，应视为知识分子，但未必敢说自己是文化人，为什么有这样的差别，为什么知识不能等于文化，如果有文化是识文断字，那这个文化等于有知识，如果有文化是有独立见解，那这个文化就高于知识。现在大学生、研究生、博士生遍地，人多了反而贬值，就是因为他们皆有知识，但没有形成自己的文化观。现在的企业不愁找知识分子，但企业文化找不到它所需的文化人才。过去找工作，靠专业；现在找工作，靠文化。而我们的大学，只教知识，不授文化。应试教育本质只是知识考试，西方教育则侧重个人见解、自由思想，这就是文化。中国人看乔布斯发财了，以为是他的专业、技能使他成功，实际上他对现代社会的技术与人性关系的把握使他独具慧眼，他相信技术改变生活，坚信互联网主宰世界，对这一点的认识，他比任何人都坚定、都执着，而可悲的是这世界被他所言中，大家的人生被他所左右。人们因为崇拜他而更离不开网络，人们因为投身于网络而更加相信他是神。

　　爸爸说这些，是想说知识有用，文化可怕。意识形态不是知识更像是文化，所以许多人害怕。实际上，现在流行韩范儿、法风,现在崇尚的个性与张扬,现在推崇的大俗大雅和小清新都不是知识,都是文化。爸爸认为有知识是中性的,有文化是有倾向性的,把自己所学的知识转化为文化,把我们自己变成被"文"化了人是一个实质性的提升。学问不是简单的知识,而是对知识的看法和应用。因此,爸爸希望你在学习知识的同时去追寻这些知识的文化根基,学知识与提升文化是同时的,知识不一定是文化的基础,不是先会数学才能会物理的道理,而是数学与语言的关系,语言可以表示数字,数学可以简化语言,你觉得呢?

2016.9.9

爱好是一种经得起曲折和考验的品质

孩子：

爸爸这次续写妈妈的家书，就是想以这种方式倾诉我们的情感和人生经验，虽然有些说教的成分，但绝对是心灵的沟通，而非古人家长给孩子留下的家训。我们所写的、所说的，你自己衡量，吸取你认为对的、有用的就是了。其实，写这本家书也是对爸妈的考验，考验我们是否有真知灼见，是否有切实的体会，如果说得不好，没有任何建设性，反而印证了我们的智商与情商的低下，所以说，这不是好玩的事情。

人这一辈子不能没有爱好，爱好又分内在的、外来的。举个例子，喜欢打球，乒乓球、篮球或踢足球，打台球大多是内在的，打得好与不好都会打，而打高尔夫则多为外来的，装饰性的。在中国，高尔夫的社会意义远远高于这项运动的本身意义。爸爸希望你有内在的爱好，并能够及早发现和发展它。爱好，拆开来解，首先有爱，有爱就好，好的爱就是爱好，否则叫嗜好、恶习。爸爸喜欢团队的游戏，不太看重个人的名利，或者说，爸爸只有在团队中，有团队的支撑才能发挥个人的力量。单打独斗不是爸爸的爱好。幸好这个时代是团队时代，所以，爸爸显得如鱼得水，活得比较轻松愉快，虽有些怀才不遇，也只是针对某个人，而非这个时代、这个国家。所以总体上说，爸爸还是阳光的、正能量的，爸爸所做出的一切也是证明。现在轮到你去发现和发展自己的爱好了，有时候特长不是爱好，爱好也不是喜欢，爱好是一种经得起曲折和时间考验的品质。比如爸爸爱书、爱古董、爱诗，这些都已经是几十年了。在任何情况下，都没有变过，只是条件和程度不同。爸爸始终在观察你，发现你也爱书和团队，爱公平，爱家人，虽然你现在没有条件去发展这些爱好，但它们已存在于你的血液中了，这些都是好的爱好，有用的爱好，终身有益。

实际上，个人的爱好，如绘画、音乐、书法、体育最终是要帮助我们实现自身的和谐——身与心，天与人，人与自然的和谐，是从小爱好到大博爱。凡有这种爱好的人，气自华，身自正，爸爸之所以如此看重爱好，是因为在一个人没有信仰的时候，爱好就是他的信仰，就是他的寄托。另外，有一两个爱好，生活也会有趣、有乐、有诗意，美好是与爱好紧密相联的。对你而言，一个学生，学习不是爱好，是使命，爱学习，会学习，从学习获得乐趣才是爱好。即使一个人没有任何特长，文艺或体育的，他也能因为会学习而活得不拘一格，活得有创造性。创造性的生活比装饰性的生活要难得多。

2016.9.9

让人忽视尊重的,一是爱,一是偏见

孩子:

今天爸爸动笔很不轻松,喝了一杯咖啡,也没有太理清思路,我想说的话题是尊重,也因此心和手都沉重了许多,因为尊重在人生中不仅仅是话题而且是根基,是回避不了的。爸爸感到沉重和庄重也说明爸爸深知尊重的分量。

现在想想,爸妈的情感中爱情其实很不明显(至少不像人们在影视剧中看到的那样),尊重的成分很多,也很重。首先,我们尊重我们的相识和相爱,所以我们没有一个人说出过分手离婚这样的词。能让我们分开的只有病魔和死神,我们自知这辈子是认准了,好坏都会一起走下去。妈妈在地下有个家,爸爸也在她身边安了家,这说明我们此生和来世都会在一起,你会见证这一切的。其次,我们尊重我们各自的选择,尽管我们的各种选择出奇的一致。最后,我们相互尊重,没有谁要改变谁,老实讲,在这方面妈妈比爸爸做得好,我感觉得到她对我的尊重,可爸爸好开玩笑,有些毒舌,有时在言语上会伤害到妈妈,妈妈这时会瞪我一眼,仍给我面子,我想要换了人,早就吵打起来。尤其是现在这个崇尚野蛮和张扬的时代,妈妈容忍爸爸是爱爸爸和尊重爸爸,我们不吵架,大多因为妈妈的大度和容忍,我对妈妈太依恋,所以忽视了尊重。

说到这里,我要说能让人忽视尊重有两个因素,一个是爱,这不可思议;一个是偏见,这很好理解。我只说前者,人们因为爱而彼此距离太近,由于爱而彼此熟络,所以可以不管不顾,所以在情人那里,打是疼,骂是爱,而打骂怎么看都不像是尊重,爱让人失去理智,爱让人疯狂,爱让人不拘小节,不分彼此。所以，我们要求相爱的人彼此尊重、相敬如宾也是一种非理性，好在能让人们忽视尊重的相爱毕竟是极少的，是隐秘的，应该是内部矛盾，在人们疯狂时能想到尊重，这即是极好的了。我们在这时代，人人都已经懂得尊重的重要，而且可以说这也是一个尊重泛滥的时代。我们无不尊重生命，人的生命、动物的生命、植物的生命，乃至星球的生命。我们尊重选择、性格、脾气，甚至尊重偏见、低俗。可在具体生活中，人们最不懂尊重人，尊重你周围的人。当人们把人看作一个生命时，人们会尊重，当人们把人看作一个具体的人时，人们很难尊重，尤其是与自己发生利益关系时。泛指的尊重，人人都会；特指的尊重，人人都难以做好。爸爸不一定特别尊重领导，领导只需服从，但爸爸要尊重亲人和朋友，尊重懂得尊重的人。

2016.9.9

只要接受吃亏，
吃亏就会停止

孩子：

今天说的话题，你可能感兴趣或者已经有了体验和见解，我想聊聊吃亏。你今年16岁了，肯定有过吃亏的体验，你曾经说过，在小学时，你很努力，可这种努力总是得不到回报，任何好事都落不到你头上，反而常常被表现不太好的同学赢得。你的小学记忆是不愉快的，回头看，你在小学，在荣誉上，你是吃亏的，有些应该属于你的，结果属于了别人；但你的中学三年又是不吃亏的，三年校三好、区三好和最终的市三好，全落在你头上。这其中是否有某种关联？要爸爸说，没有小学时的吃亏，就没有初中时的不吃亏。物质也有守恒定律，人间也有风水轮流转的说法，物质运动是有规律的，是铁定的，是黑白分明的，人类社会的规则是活的，因人而异的。总的说来，没有人会总吃亏，也没有人会总占便宜。如果人非要经历吃亏，我希望它发生得早一点，发生在年轻时，先吃亏者有后福，会珍惜这个后福。如果先有福，后吃亏，人可能会一蹶不振，翻不过身来。孩子，只要不是原则问题，什么亏都可以吃一点，吃亏长见识，吃亏人宽容。涉及人品和气节上的亏，不能吃，一点都不吃，在人品和气节上输了，则全盘皆输。

妈妈那么好的性格和能力，也遭挫折，也吃亏不浅，但她每次吃完亏，都会得到补偿。从她一生看，她是不亏的，她吃的最大亏，无法补偿的亏就是疾病，她吃了病的亏，但她还是在努力忍这个亏，战胜这个亏。她的回报是爸爸看到了她的坚强、她的博爱和她美丽的心灵。她在抗击的两年中，你长大了，懂事了，你现在获得成绩都是妈妈吃的亏换来的。所以，我们要珍惜，妈妈为我们吃了亏，我们一定要让妈妈得到她心中的回报：你健康愉快地成长，成为有用之才。还记得我们这次去杭州，在西湖遇上几十年不遇的暴风雨，我们险些翻船，你第一次旅行，又不会游泳，爸爸和你大难不死，一是有妈妈保佑，二是因为爸爸回国后，在工作安排上，也吃了亏，职务不升反降。爸爸遇上这种事，已经三次，所以不足为奇，不以为恨，可以坦然接受，让吃亏变成一种盈余。爸爸用这几年赋闲译书写书，如火如荼。爸爸曾说过屈就就是在委屈中做出的成就。在名利上吃亏，有自然的分配，有自己的问题，接受吃亏，吃亏就会停止，就会向好而行。爸爸在车祸中毫发未损，在大暴风雨中，有惊无险，都是因为吃亏所赐。老天是公平的，虽然吃亏不一定得福，但能避祸，如今，无祸即福，平安即福。

2016.9.9

学霸进入社会后就霸不成了，很快成为靶子

孩子：

今天是教师节，妈妈做过大学老师，爸爸当过小学老师，所以这是我们的节日。其实从家长角度讲，父母是最好、最重要的老师。学校的老师可以替代，父母这样的老师无可替代。孩子幸运的话，能有好父母，碰巧他们也是好老师，有些孩子的父母，当不了老师，有些更惨，连父母也做不好。爸爸妈妈敢说我们双重职能都担得起。如果你能顺利地考上大学，爸爸就敢吹牛说自己当老师比当父亲还称职。从表面上看，爸爸根本没管你的学习，也不懂你的课程，所以我只能放手，只能信任你。爸爸只会问听得懂课吗，考试都答上来了

吗，这种老师做起来容易。其实爸爸是生活的老师，告诉你如何对待生活，对待成功和失败，对待流俗和独特。你能轻松地掌握知识，并能正常地发挥能力，作为学生就是最好。

学霸在我看来是万万不能当的。不称霸本身就是中国最智慧的一种哲学。学霸又分学得好和学校好。这两种好在叠加的同时，会滋长出许多副作用，而且许多事实证明学霸进入社会就霸不成了，而且很快会成为靶子，最先倒下。爸爸在学习中已经接触和了解社会、职场和人生了。学习和工作看上去脱节，实则有潜在关联。如果智商与学习有关，那情商就与工作和生活有关。好学生在增长智商的时候开发了情商，所以他们出校门进职场就像从宿舍去运动场，没有隔阂和不适应。爸爸就是这样过来的，也看到许多出自名校的同事在职场上表现出来的尴尬。爸爸的心得是，无论在何种大学，遇上一位好老师，寻找到一个好方法，生活和梦想就可以起步了。具体到学习，爸爸始终把课堂和课外分开，分别投入50%的精力。刚开始，投入课堂的50%的精力可能达不到很好的成绩，这需要有一种定力，确保及格，争取4分。在一段时间后，投入课外的50%的精力会反作用于课堂，功夫在诗外，这是古人说的。功夫在课外的现状是上课外班。许多人又把超出100的精力用回到课堂。爸爸这种学习策略的结果如下，爸爸在法语学习上是4分，有些好学生是5分，我与少数几个5分学习相差1分，但在课外学习，比如法国史、欧洲史、哲学方面，我与他们可能是4∶0的差距，而且这些知识在我走上翻译工作岗位上时，立即发挥了作用。这是爸爸总结出来的治学之道，你可参考。

总之一定要找到适合自己的方式，不慕虚荣，获取真功夫。学霸离开学校后就没用了，社会需要人杰，凡人杰都会学习和研究，对社会有用才是人生的目标。

2016.9.10

不做小心眼的人，
　　就是一种包容

孩子：

你拥有我们这个家已经18年了，不知道你感觉到我们的家风了吗？其实咱们小家的家风，如果有的话，也秉承了姥姥、姥爷家和爷爷、奶奶家的一些家风。姥爷家的氛围是温情和慈爱，你敢跟姥姥撒娇就说明这一点。爷爷家的关键词是正统和勤俭，做人要正，生活要俭，你不乱花钱，也不看重钱，也说明了这一点。至于咱们的小家，爸妈主张自由和包容，我们做父母绝不把我们的意志强加于你，这是我说的自由，你自己选择应该做的事情，到现在为止，你玩的地方比别人少，你上的课外班比别人少，你的生活不如别人时髦，这都说明爸妈没有把我们的意志让你来承载。从现在情况看，没有这些，你生活和学习得也很好。再有就是包容，这是个难题，爸妈也做不好，但这又是必须做好的，因为包容在生活上、工作上，乃至情感上都是十分重要的元素，包容甚至可以说是一种文化核心，修养、素质、志向、品德都与它有关。古人的厚德载物，也是一种包容，而我们所能看到的一切不幸福、不协调，都是不包容的结果。这里说的包容是包容各种文化，不要有歧视和偏见，包容各种生活方式，不要分高低贵贱，包容各种性格，不要顺我者昌，逆我者亡。最好还要包容比我好的和比我差的，做到不临渊羡鱼和狗眼看人低。有一种东西不能包也不能容，就是不正的东西、邪恶的东西，要保持善良和仁爱的底线，分辨是非。

　　应该说每家都有家风，都应该继承其好的部分。爸妈没有刻意地建立和维护家风，只是希望你沐浴在家的和风之中，愉快和正常地成长。有时候，人们在家风中形成性格，有时候，人们因性格选择家风。好在咱们家是开放的，通古今的，兼雅俗的，甚至亦正亦谐的，你自由选择吧。你可以对比它们，兼容它们，取舍它们。爸爸要说，每个人都有家，但不一定都会形成家风，要传递家风就更为困难。只要你好学，喜欢进取，善于思考，成家和成家风就不是难事。妈妈在生活和生命的最后时刻，给爸爸又留下一份家风，就是要视死如归，含笑而去。妈妈做到了这圣人才有的境界，爸爸接收到了这个讯息，也准备这样做。如果爸爸也能做到，它就会成为我们的家风，爸爸就敢说这是优良的传统、好的家风。

妈妈这一辈子不富有，但活得潇洒，我们的财富有许多富人都没有，物质上的富有只是生活的一个方面，感情上和精神上的富有是生活的另外两个重要方面，而要获得后两者，就必须学会包容，有容乃大，容天下难容之事，才可能笑天下可笑之人。所以包容又与富有和气度有关，简单说，不做小心眼的人就是一种包容，看破红尘也是包容。你是男孩，早晚要长成男人，但男人最高的标志，就是大度豁达。你名字里的达，就是包容之达，男人之达。

2016.9.13

没有诗的旅行是出差，
没有诗的聚会是开会

孩子：

爸爸爱写诗，过去写了就给妈妈看，听她的评价，时间久了，她看不到会问。我若没写会焦虑，写诗虽然发自心底，是心灵和自然之声，但若在一段时间失声就不正常了。我认为诗人就是能经常写诗，并且写得不错的人，偶尔吟首诗不能算诗人，那是文人，就如同天天跑步而且跑得像样的人是跑步运动员，其余的跑步者是健身者。爸爸知道妈妈经常让你读诗和背诗。这次我们去杭州，我把诗给你看，你竟然能像妈妈那样谈自己的看法，而且我觉得你有诗性，对诗的审美也达到一定程度，这最让我开心，真想以后看到你的诗作。

今天说这个话题，是觉得诗离我们很近，不仅美、真实，而且有用。爸爸在中学时开始写诗，一年也没有几首，质量不高，都是习作，是读诗后的一种冲动和虚荣。当时觉得能写诗是高人一等，是自身的天赋和财富，到了大学，作诗渐渐成为习惯，诗也有了一些长进。每逢秋去春来，风花雪月，奔赴异国他乡总要吟咏，舒展一下情思，没有诗的旅行是出差，没有诗的聚会是开会。为了能写好诗，自然要多读诗，唐代诗人的选集、全集，爸爸全读过。家里的书柜上都为他们留下各自的位置，爸爸读诗越多就越离人性近，爸爸从他们的诗中，看到了社会的不公、人心的险恶和文人的悲剧。自己的志向原来是成才，成栋梁，而诗中的那些栋梁都被放弃了、抛弃了，甚至摧毁了。除诗的艺术层面之外，爸爸从唐人诗中获得最多的能量就是保守气节、人格、逍遥飘逸的生活方式与进退自如、取舍无拘的处世精神，这是爸爸对中国诗歌的初步认识，爸爸希望你也从中有所收获。不做诗人可以，但要有诗人的气质，因为这种气质本身就来之不易。悲天悯人既是诗的，也是人性的，虽然这不是诗的时代，不作诗不会死，但物质上的奢华替代不了现实的诗意。人们普遍没有幸福感，依我看，就是不懂诗、不作诗所致。诗意不是基因，可以自然继承，诗意是后天的、文化的，当然也是性格气质上的。爸爸写诗还有一种考虑，爸爸把诗当作日记写，诗的简洁、凝练以及对情绪的捕捉都是爸爸需要的元素。一首小诗概括一件大事，一首情诗描述一生的情感，一首小词寄托无尽的思念，一首小诗总结人生的悲喜。写诗在这时不仅是艺术活动，还是历史、思辨、反省的思维活动。

爸爸有时会为一个观点写诗，会为一个看法写诗，尽管诗本身不是为此而生的。现在的人认为唐诗是顶峰，唐代诗人是巨人，是无法复制和超越的，爸爸也这样认为，所以我写的诗自己再感觉好也不足挂齿，不足为奇。有唐诗在，没有人敢说诗好，但爸爸现在追求的不是唐诗的境界，而是唐人作诗的境遇和习俗。唐诗和唐代过去了，但唐代诗人的诗歌生活和习惯并没有过去，这也就是诗歌在中国源远流长，滚滚而来的原因。爸爸想像唐人那样，以诗为生，过一种诗生活，或者在现代生活之外，留下一段与诗有关的生活段落。有了它，生活就不会无情、无趣、无意义。

2016.9.14

相守的珍贵往往在于离别的愁苦

孩子：

爸妈自从有了你以后，就收了心，谁也不想出国，谁也不想离开你。妈妈找到一份轻闲的法国工作单位，上下班都可以跟你玩。爸爸在杂志社当主编，可以自由支配时间，只要你需要，爸妈都不会因为工作而不管你。爸妈就想这样结束我们在职场上的拼搏，伴你成长。谁知树欲静而风不止，人欲静而事来袭。领导派我二度赴法，而且晋升，爸跟妈商量，妈和姥姥家都主张让我去，一是不能辜负领导的信任，在公司需要你时要临危受命；二是你已寄托在阿姨家，周末还有姥姥和妈妈，忙得过来。爸爸在家人的劝说下，决定再次离开我舍不得的家，尤其是你。

因为这次出国爸爸既无好奇感，也无成就感，只是为了工作，所以从一开始心中就有一些忧愁。爸爸在临行前写了一首小诗，描述父子难舍的情怀："五岁知父心，临行呼唤勤。分秒多溺爱，预付四年亲。"爸爸这一去四年，你将从5岁长到9岁，这一阶段父亲的缺席会不会影响我们父子的感情？你会不会因为父亲不在身边而缺少男子气？不过，这一切的担心都没有出现，爸爸每年都回国住一个月，我们虽远犹近。爸爸每周都能听到你的声音，每天都有你的消息，我们从不曾真的分离。不过，即使是这样，爸爸在孤单时、在夜晚时还是会想你。爸爸到任几个月后就写了这样一首诗："吾自西来爱凭窗，光阴不计望远乡。大志难消思儿苦，为父舍家何言强。乌云翻起心头雨，骄阳不化眉上霜。三百六十长岁月，唯有奋读饮愁江。"爸爸的思儿之苦和舍家之痛可见一斑。爸爸在你7岁生日时，含泪写下一首诗："灯火阑珊小烛台，遥祝娇儿七岁来。父虽戍边无战乱，思却尤甚旧时怀。七百离别昼和夜，一半须发黑与白。盼父归来习减法，怨父离去泪水埋。舍家原为成国事，谁料家国两空白。"这首诗不仅表达思亲思乡之苦，还抱怨独自在外工作的无意义。爸爸为了大家、国家舍弃了小家，结果发现大家并不重视，工作全凭自觉和自愿。好在爸爸朋友多，不寂寞，工作从来对爸爸都不是压力，玩着就干了，而且干得还有点令人生忌。爸爸坚持自己的承诺，干完自己的任期，要求回国，不再离开家。一个游子知家的可贵，爸爸回来守着妈妈，也看着你慢慢长大，内心的歉疚消退了不少。

现在我们更是相依为命，那些年我们分开的日子完全没有影响我们的情感。话又说回来，如果没有那次的离开，我们今天的相守诺许不会这样融洽。所以，当命运落在身上时，最好顺其自然，我们不比老天爷聪明，我们只能看眼前、顾眼前，老天爷看未来，看全局。相守之珍贵往往在于离别之愁苦。我们吃过苦，才会珍惜甜。人生中，离别是注定的，相守反而是暂时的，因此相守更弥足珍贵。

2016.9.14

我们常被气质迷倒，
这就是品位的杀伤力

孩子：

爸爸看到你很注重自己的穿着，尽管现在是穿校服的年纪。每次周末或出门，你都会搭配服装，让自己整洁和舒适，虽然这种搭配算不上什么品位或审美，但注重外表和自身气质就是品位的基础。

说到品位，自然各说不一，应该承认存在品位的高下，但品位的高下不完全取决于价值的高下，这要看人与物的搭配。在很多情况下，我们都会被气质迷倒，这就是品位的杀伤力。大牌在许多人眼中代表品位，在有能力拥有大牌的人们眼中，可能是俗气。爸妈在生活上也有品位的要求，因为我们尝到过品位的甜头,我们没有奢侈的物件,但仍能制造有品位的印象。我们把自己的生活品位定在中等,或者说中等偏上一点,高品位和低品位都是少数,大众都在中等品位上。我们只要求高一点,高一点就显得出众。我们说的出众是效果而不是目的。

爸妈认为西方贵族有一个品位特征,就是对一个品牌的苛求和忠诚,现在留下来的所有大牌都有一个经受挑剔的年月,一旦它们的品质和品位被认可,也就是说一旦顾客与物品的品位达成身份认同,这就是人与物开始的一段婚姻,而且这种婚姻,除特殊情况外,比人际婚姻会更持久、更忠诚。妈妈好像就很忠诚,她的香水总是香奈儿5号或19号,她的羊绒衫总是鄂尔多斯,她喜欢丝绸,但总从一家订购,就连珠宝,她只要自己买,准会在Enzo店。她喜欢这些半宝石和彩宝石时,社会还不认知,所以她在懂行人和珠宝店眼中算是有品位的。

现在再看这些彩宝，已经大幅升值，这倒不重要，重要的是妈妈的品位和眼光是超前的，而且也是被公认的。爸爸也只是在几家古董店买东西，或者说只认老朋友和他们的品位。爸爸在穿衣上不讲究，在吃的方面却挑剔，干炸丸子只吃丰泽园的，肉饼只吃壹华台的，凉面只吃峨眉酒家的，看这些吃的东西多俗气，但它们的出身却是名店和老店。在爸爸看来，开一个百年老店不容易，但做一个百年老店的百年顾客更难。中国的许多老店就因为有这样的顾客才能百年不倒，而现在许多新店，开不了几天，就没了，越创新，越倒，就是因为它的顾客天天变。没有忠诚度和对品位的忠诚何谈什么长久，忠诚本身意味着坚守和持久。因此说，爸妈的生活或许真达不到我们希望的中上，但爸妈几十年的坚守和忠诚绝对是中上。我们的平常心和知足感就来自于这种中上。爸爸每天去的咖啡馆，爸和你每天吃饭的餐馆，不仅服务员、老板认识，而且不需多说，一个手势、一个眼神，饭菜就点了。在老北京的菜馆和饭馆中，只有爷才能有这般待遇。现在，年轻人把店主叫老板，因为他们只是顾客。过去，店主把老顾客叫老板、叫爷，因为他们真的是同店一样老的顾客。时间赢得了忠诚，友谊，尊重，当然也赢得了生意、名声。双赢始终都在，只是现在说得多，过去做得多。

2016.9.15

通情达理时，打闹就是爱情的烟火，否则是玩火

孩子：

你说话晚，除了叫爸妈外，你几乎是在两岁半左右开始说话，而且一说就是整句，爸妈先是担心，后是惊喜。在爸爸的记忆中，你没有像其他孩子般为买玩具在商场哭闹，没有在饭馆任性地哭叫，好像你从来没有任性过。你不是没有需求，没有想要的东西，你想要时，你对爸妈说，倚着柜台看，爸妈给你买了，你就会笑，开心地跳，爸妈不给买时，你会问为什么，听完爸妈解释后，你还会笑，相信爸妈的做法不会错，也相信爸妈的承诺会兑现。我记得有一次你大哭了一场，因为爸爸临时改变了计划，没有

兑现承诺，后来妈妈对爸爸说，这孩子通情达理，你只要事先说好，商量，他不会不同意，爸爸并不太相信，但看到妈妈抱着跟你商量，给你解释，看到你慢慢听和慢慢地点头，爸爸信了，也知错了。

孩子，你不喜欢武断，不喜欢跋扈。其实，这一点也正是爸爸所坚持的，你长大后，我们也曾发生过争吵，几乎都是因为爸爸的武断和强势。现在看来，别看你顶撞了爸爸，但爸爸心里明白，你不是不听爸爸的话，而是不接受任何不恰当的方式。人们常常以为家长在孩子成长中是主导影响，但在许多情况下，只要家长细心，虚心，我们能从孩子身上挽回我们已经丢失的东西。基于这种经历和理念，我推荐并翻译了一本法国心理学家的著作《我们都是了不起的家长》，书中大意是说只要我们关注孩子，向孩子们学习，我们就是了不起的家长。

实际上，妈爸非常看重通情达理这句人

人会说但不一定会做的成语。这里的通情，不是只通自己的情、只顺自己的爱，而情感的互通，我们说的换位思考就是一种通情的手段。这里的达理，也不是达一家之理、达强者之理，而是在不通理、不合理、不讲理的地方找到理，找到共识，通合理，通常理，通大局之理。我们说的求同存异就是达理的理想手段。爸妈很少争吵，几无打架，就是基于这种通情达理的诉求，彼此没有强加，没有被动与主动，好像通理者是智者，无理取闹者是愚者。老实讲，达理似乎还容易一点，通情最难，尤其是男女之情，这种情能通时，可能无理，有理时，可能不通情，正因为难，所以才会出现越来越多的同志。爸妈之前的通情达理随着时间最终演变成了一种默契、一种习惯、一种和谐。

现在年轻人常说打闹才是爱情，虐人才是爱心。爸爸以为如果有通情达理为准则，任何的打闹就会是爱情的烟火，可以用来观赏，如果没有通情达理为基础，任何打闹就是爱情的玩火，有自焚的可能。通情达理，写起来真的简单，做起来真的很难。但只要做到半成，生活和爱情就会和顺大半，这是经验之谈。

2016.9.16

高考不一定要考得高，
但要考得上

孩子：

今天爸爸讲讲为什么不希望你上名牌大学，更不希望为了上名牌大学而让你在胎中就开始学习。在这个人人望子成龙和有条件成龙的时代，爸妈让你居于中流，就近上学，上一般的中学、一般的大学，这同样需要见识和胆气。不从众、不流俗是我们的座右铭。但你确实是一个实验品，我们的人生不可复制，你是否会因为我们而跟不上社会，甚至成为一个失败者，这需要时间来证明。

但就我们的经历而言，我们77级大学生出自各种高校，结果是出自名校的学生未见得比出自非名牌学校的学生更出色。在我的单位是这样，在妈妈的单位也是这样。道理很简单，学校不能改变一个人的命运，至多提供一个敲门砖。爸爸当年考二外，没报北大，因为就外语而言，任何综合大学的外语系都不如外语学院。如果非要分高下，也应在一外和二外，北外和上外之间去分。北大、清华、师大、人大的外语系在当时还真没有多少人去报考。再有，一般学校和好学校之间的差别在于教师。有意思的是，我们二外组织精英团队来教我们这第一批恢复高考的大学生，当时名牌大学在教学一线的多为留校的工农兵学员，不是说工农兵学员不好，而是说好教授、名教授一般不上课，大学生很难见到他们。我们在二外的学生甚至有些直接参与了教授的研究项目。说这些，就是指出宁可看教授，也不要看学校。如果真的在好学校遇上好老师，那是学生的福气。我们不让你瞄准清北人师，就是认为你首先很难进去，就是进去了也很难遇上好老师，遇不上好教授的学生出来后反而高处不胜寒，失落和陷落会更快。上一般的学校，可能较容易，如果你有能力，肯定能得到学校为数不多的好教授的关注，甚至培养。毕业后，你可以低调出现，出手不凡，反而会得到这种势利社会和单位的好感。这是爸妈已经走出来的路，而且这条路似乎没有什么改变。名校的名教授现在大多去世，正在成名的教授多在走穴，就像医生走穴一样。学生看不到教授的影子，研究生和博士生的质量大不如前。

依爸妈的能力和背景，我们觉得你在小庙里玩，成事最好，不成事能成人也行。你不用去大庙，大庙里不仅和尚多，还有外来的和尚，你不仅成不了事，也成不了人，甚至会被逼成仁。还有我们希望你学好本领做事，哪怕是一件事，有前途的、有创见的，或者好玩的事，不要想做事业，因为事业不是一个人的事，也不属于一个人。做事业成功的，有的成为家业，有的成为国业，事业是要代代相传的，而我们最多只是做好自己。所以，爸妈觉得只要是大学生，就应该具备做事的能力了，事是不分学校的，不分名分的，只分好事和坏事。能做事，做好事，做有益于社会的事，这就是我们让你上大学而非名牌大学的目的。你若能像爸妈一样轻松考上大学，轻松毕业，轻松择事，就是一个十分成功的孩子。

2016.9.16

柔软变成刚强，勇气化为力量，这就是勇敢

孩子：

现在家里就两个男人了，一个老男人，一个小男人。你正是风华正茂、血气方刚的季节，所以，勇敢是你的一个情节，尤其是在学生时代，勇敢常常混同于敢不敢打架。懂事的男孩知道什么时候和为什么打架，不懂事的孩子是任何时候任何理由都可以打架。你现在也可以说正值打架的年龄，爸爸担心你为了勇敢而打架，其实打架与勇敢没有任何关系，因为你打的是同学而不是敌人、坏人。勇敢是有是非观的，分正义和非正义的。爸爸认为任何没有原则和非法的勇敢都是不可取的。爸不希望这种事发生在你

身上。

爸爸小时候是不能打架的，所以也怕打架，我能记住的打架只有两次，心里准备了很久，武器（棍子）也插在腰间，准备与每天打劫我食物的小流氓拼命，结果这两次不想活，也可能会输的架没有打成。他们见我拼命，都退了。爸爸没有因为吓退了对手就相信自己强大，十分勇敢。其实爸爸本不是打架的人，更不爱打架，不打架是不是就一定懦弱，就一定受欺负呢。不一定，爸爸除了上面说到两次受欺负外，就再没受屈辱，而且随着个子长高长大，也没有人敢首先欺负我。男人或者男孩子是要勇敢的，但爸爸希望他们有勇敢的心，有敢为人先的意志，而不是匹夫之勇。中国哲学中有仁、义、礼、智、信，没有勇，义字里虽然含勇的意义，但那更多地指义勇，道义之勇、仗义之勇。旗帜鲜明地选择正义，完完全全地履行诺言，真真切切地呵护家人，这些表面上看毫不威武，甚至柔情的举动实则是最大的勇敢，也是生活中应该做到的勇敢。

你曾经选择骑士作为研读的题目，爸爸从内心高兴，因为法国骑士的许多素质是有现实意义的。你看中骑士的勇敢，这是阳刚，你也看中骑士的绅士风度和文化修养。法国骑士一要不输男人，二要赢得女人，这其实是做人的很高标准。你选择研究骑士，就会了解骑士，最好让自己像个骑士。爸爸用自己的作为证明我能做得比许多男人好，并因此获得了一枚法国骑士勋章。你也一定行，因为你选择骑士就是最大的勇敢，做合格的男人比打一场架要难得多，需要勇气和毅力，还有智力。我们家出文人，不出武将，可是文人也要有松柏般刚毅的文骨和气节，你的勇敢要表现在对科学的探索、对自己的挖掘、对人生的感悟上。许多男人可以打架，甚至杀人，却不敢研究人和研究自己。

妈妈从不打架，甚至不争吵，但她是一

个勇敢的女人，爸爸真的看到了她的勇气、忍受力。她勇敢是因为她爱，她最终为了爱献出了她的一切。当柔软变成刚强，当勇气化为力量，我们说这就是勇敢，生活中最需要的勇敢。爸爸写这段是为了自省，向妈妈学习，你从中借鉴为好。

2016.9.16

我们都不是竞争的赢家，赢家是别人

孩子：

你刚一生下来，竞争就开始了。你浑然不知，只知微笑地看着这个激烈竞争的世界。爸爸把你的笑脸、俏皮、端庄、忧郁、无邪、真纯都记录在相片上了。你那时因为天真所以上相，因为你上相，所以它们是爸妈最珍贵的影像。现在你长大了，有了自知，反而不上相了。你的面孔隐藏了你的内心，这说明你的童真已经淡化了，社会性已经浮现在你的脸上。

回头再说竞争，这时的竞争主要体现在家人、朋友、同事之间。大家会比较，会攀比，其实社会的竞争首先是亲朋好友的竞争。大家有些因天性使然,有些为了面子,有些就是为了争头筹。吃什么、玩什么、学什么,要争。怎么吃、怎么玩、怎么学,也要争。因为我们之间的竞争提供了需求,社会就强化,最大化这种需求,我们竞争的结果是富了别人。如果我们回头看看我们竞争的足迹,看看我们孩子竞争的结果,我们或许会承认我们的虚荣和不智。爱情和孩子本身都是自然的产物,最后在竞争中,它们都变了质,成为社会的产物。应该说,在这个社会,我们家长和我们孩子都不是竞争的赢家,无论我们谁赢在起跑线上,还是输在起跑线上,赢家都是别人而非我们自己。爸妈明白这点,所以没有主动和积极参与竞争,就连生孩子,我们最先也是放弃的,没有跟别人竞争。你来得自然,我们就按自然之法来养你,尽管这不符合潮流。你慢慢懂事了,自己也感受到了竞争和竞争带来的各种滋味,好在爸妈给你选择了一个适当的环境，一个不十分残酷的土壤，你虽然脱不开应试教育，逃不掉人们的攀比心态，但你的能力足以应付考试。你从不攀比，因为你也无须攀比，你所居中上之位，这使你气定神闲，每天按时完成作业，认真听讲，就足以使你名列前茅。

爸妈用行动教你不慕虚名，但要守住尊严，最好的方法就是知道为自己学习，而非为家长学习，你的成绩是对自己实力的检验，而非家长的标榜。你的好奇心、进取心没有受到损害，它们被精心地保护着，爸妈最看重你的创造性和举一反三的能力。你的能力比成绩重要，关于竞争，爸妈也不能免。但我们坚守竞而不争，我们投入比赛，但不求比赢。做第一，做最好，做完美，这些都是狂想，一种美好的狂想。把事做对，做实，不出错就可以了，而且是很可以了。完美主义者更像一种狂语，不错主义倒是可以争取的结果，争第一，偶尔得一次，得一项，证明自己的能力和努力，给自己一点甜头，这就是最美好的记忆。永远第一，只能第一，这是负担、压力，而且是负面的激励。普通人最好本分些，勿有此奢望之念。有创造力，有竞争力就很好了，恐怕这就是人们常说的平常心，有平常心反而能得非常之效。反正体育决战时，谁有平常心，谁才能获冠军。多想一点，多贪一点，冠军就没了。

2016.9.16

爱是一种感觉，凭感觉找幸福，得到的是幸福感

孩子：

像你这年龄的人，很多已经情窦初开，尝试爱果或沐浴爱河了。你没有早恋，这符合学校的要求，但不符合生理的周期。人生的花季最美最纯，原本爱情也是最美最纯的。照理讲，这是天时地利之事，可是我们现在听说的和追求的爱情已经十分复杂了。如果能化验爱情，人们会发现爱情已经变成多元素的组合体，甚至已经变成有色金属体，这里面含金、含银，原来的氧气却消散了。爸妈谈恋爱时，爱情化学成分表中只有氧和氢气，我们进入爱情如同进入天然氧吧，我们身心会随着氢气升腾，在更加纯净

的大气层净化,这时我们已经在爱河之中,这里没有凶险,没有猜忌,没有算计,我们因为身量太轻,所以只能相依相偎,增添我们的重量。在爱河中,我们只能得到爱、柔情、亲情和温暖,看不到恨、嫉妒和报复。

当然,现在人们也坠入爱河,只是这条爱河已经改道,混入了其他水系,它是淡水,也是咸水,喝了淡水的人甜蜜,喝了咸水的人苦涩。孩子,这个年纪因为不懂,所以纯洁,因为纯洁,所以易污染。社会上普遍反对早恋,甚至许多人已不相信爱情了,其实,我们是在看着过去的爱情故事追随着我们自己的爱情,白马王子、白雪公主,哪一个不是几百年前的事,假如让你看着身边的爱情故事去追随爱情,我想一定会有许多人不知所措,身边的爱情是模糊的、虚渺的,身边人的婚姻是现实的,似乎与爱情没有了关系。爸爸看得多,也想得多,在目前形势下,爱情只是帮助我们找到伴侣的一种崇高方式。我们结婚需要爱情，哪怕不是货真价实的，就像我们找工作需要文凭和学历。现在的爱情有一个发展趋势，就是把人们的爱引向狭隘和自私，就像电影里的主角，一爱上就说找一个没有人认识我们的地方，只有我俩，生一大堆孩子。爱情让爱侣脱离家人和朋友，看上去是自私有理，其实是有理自私。从人生整个阶段看，爱情是阶段性的，而且有的人有，有的人没有，有的人长，有的人短，而亲情、友情乃至同情都是与人共生的、长久的，一直伴你到死。所以为了不迷失自己，不祸害别人，就让爱情粗犷一点、博大一点，把它就当一份工作、一个事业。事实上，许多工作上、事业上的好搭档都成了伴侣。

我们真正要经营和维系的是婚姻和家庭，爱情是一种感觉。我们凭着感觉找幸福，最多找到的是幸福的感觉，不是幸福本身。孩子，你能理解吗？我不妨反过来说，凡是让你脱离社会，特别是脱离家人和朋友的爱情，你要远离和拒绝，因为这里的爱情是以感觉支撑的，变数很大，凡让你更加博爱、更加包容、更加温情的爱情，你一定不要放过，因为这种小爱基于大爱之上，变不到哪儿去。通过爱一个人懂得爱周边的人才是爱的宗旨，所以说无论早恋还是晚恋，你要恋这种爱。我们有个误区，谈恋爱是在找人谈，其实谈恋爱应该找爱谈，爱对了，人不会错，反之非也。

2016.9.17

学校的洁净是
让学生看到一切好的东西

孩子：

今天你对我说你被选为校学生会主席，而且是不争而得，爸爸非常高兴，由衷地佩服。你在中学的成长是爸爸中学时代所不能比拟的。爸爸是过来人，回望一生，确实觉得学校是一片净土，一个人至少能在这片净土度过人生一个相当长的阶段，学校的培养能让学生在走上社会后抵挡不少的风沙。学校的洁净在于它让学生们看到一切好的东西，学校是个很少自私的机构。学生在正能量中成长，也发挥着能量，而社会是让人们看到不好的东西，甚至坏东西的地方，而且利欲熏心，很少有公平和公道，好人经常得不到鼓励，小人经常得志。所以，很多走上社会的人都希望重返校园，重拾那份纯真。在官场上，常常是能干点什么的人却干不了什么，在商场上，是不能干什么的人偏偏干点什么；在情场上，是不能干的找能干的，然后再让能干的变成不能干的。你这次当学生会主席，就是因为你表现出了一些能力和合作精神，老师和同学都看在眼里，在比较之后，确定你是合适的人选，结果自然就是这样的结果。可如果在社会上，在单位里，同样的表现，结果可未必相同。你看到这里，千万不要气馁，而是要更加珍惜在学校学习的时光，因为这里不光是学习，这里还有公平、美丽、纯真，这样的氛围常常学生不觉，家长也不以为然。所以爸爸才渲染社会的丑恶嘉奖学校的善德。尽量让学校的美浸透自己，让老师和同学的关心扎根心底，让自己有足够的能量、抵抗力和免疫力。所以说真正的好学生是学习好和品质好的人。

有了好品质、好品行，才能在走进社会之后，辨别是非，从善如流。

　　距离高考还有两年，离开中学只有两年。我知道你留恋中学时光，珍惜师生情谊，这很好，很上道。上大学不仅带着分数走，更要带着感恩之心走，所以在这两年中，你的每一课、每一次考试都会变成记忆和思念，这时的学习不单单在课堂上，而是在生活中。师大三附中不是名校，所以你没有名校的虚荣，也不用受名校之累，你可以轻装简从，毫无压力地为你和这所学校留下点什么，让学校也记得你。爸妈离开大学后，始终没忘老师和学校的培养，只想着在退休之际，可以说一句不辱师门、不辜负学校的壮语。爸妈学的是法语，爸妈不仅把法语的事干得很好，还做了许多其他事。我们真的能对学校说我们没有辜负它。你传承了我们的基因和血液，而且你已经表现出你对学校的感激，爸爸是放心的。

交流我对学校的看法也是为了与你分享，好的东西早一点说出来，早一点让你知道，这也是父母的责任，何况这不是生活琐事的絮叨，而是一种学养的传承。爸爸不仅要说出来，也写出来了，等你到我这岁数，看看是否会有同感，或是反对意见。今天爸爸写下来的东西，就是你将来可回忆的东西，最好让这些文本提前发挥作用，而不仅仅是怀念的素材。

2016.9.17

每个人的爱情是不一样的，
　　但婚姻大体相同

孩子：

　　现在谈婚姻对你来说还太早，但你在爸妈的婚姻中生活了很久，婚姻是什么，婚姻像什么，你大概已经有印象，甚至有定见。应该说每个人的爱情是不一样的，但婚姻大抵是相同的。这一点我不细说了。

　　爸妈的婚姻是最普通也是最普遍的那种，相夫教子，尊老爱幼，家庭气氛融洽，家人幸福快乐。我们没有婚姻的变故，所以说，它是普通的，普通的婚姻就该没有变故。但婚姻有时比爱情还不保险，还不持久。有人说它是一张纸，薄如蝉翼，有人说它是一堵墙，压得人喘不过气。爸妈的婚姻非纸非墙，它鲜明地存在着，但又不妨碍其他的生活，它是首要的，但不是唯一的生活内容。在婚姻中，我们是恋人也是朋友，相互信任也相互竞争。说到婚姻中的男方，他应该负责建筑爱巢，保护爱巢。既然是爱巢，里边就应充满着爱，而不是因爱而衍生的猜忌和嫉妒。回到家，人应该松口气、舒口气，而不是提口气、紧口气，把婚姻当家，空气自然是舒畅的，把婚姻看作牢笼和圈地，人心自然是郁闷的，想出走的。爸妈的爱情和婚姻是一回事，因为我们白手起家，平等成长。我同意爱情是化学，婚姻是企业管理，爱情无法经营，婚姻无法随性。现在，人们好像向爱情、婚姻索取得太多，殊不知你在婚前索要多少，就会在婚姻中失去多少。爸妈承认我们那个时代，很少有奇葩，男女都依据一个同样的准则，现在确实不同了，公主多，得公主病的更多，公主上面还有王后和嬷嬷，一般男子受不起，也受不了。没有公主病的女人大多又变成了女汉子、女强人，男子在自惭后还要自残，爸爸也不明白为什么时代进步了，婚姻却退步了，不仅爱情要有含金量，婚姻更是金钱筑就的保险箱，安全感已经超过了爱，成为婚姻的首要考虑。外国人把恋爱当作一次冒险、一次历险，而我们向恋爱要保险，要全险。今天，婚姻中双方的心态都发生了变化，不能说不存在爱情，但爱情更多地成为索取的借口，索取与付出如今成了问题。

爸妈是相信爱情和婚姻的，也希望你相信。你如果懂得了爱，就没必要怕婚姻，你如果还不懂爱，就先不要婚姻。过去人们真的谈情说爱，现在人们谈情的代价、爱的价值，在这种认识基础上的婚姻肯定会出问题。孩子，你记住爱情是为自己，婚姻涉及家人，既不要让爱情毁了自己，也不能让婚姻毁了家人。你这么小，爸就提这个问题，是希望你也早一点思考它、认识它，思想上有了准备总是好的。很多人就是缺少思考而盲目恋爱和结婚,我们沟通好了,大主意就由你自己拿了,我们祝福你,也保佑你,这是人生一个大关,过去了,就成了,就值了,就不冤了。

2016.9.17

没有文科思维和理科思维，只有科学思维

孩子：

你已进入高二，而且自愿加入理科实验班，爸爸尊重你的选择，因为在爸爸看来，文理虽然分科，文理有别，但那只是针对学业和工作而言，对于生活的理解、宇宙的认知、爱情的感悟，文理未必分家，也未必分得出谁优谁劣。

在我国的现代，大多重理轻文，我们那个时代是学好数理化，走遍天下都不怕。现在无论学什么的大学生都不好找工作，就是有工作，也会很怕，一是怕失去工作，二是怕胜任不了工作。社会上认为理工科学生毕业后好找工作，所以让孩子学理工。这样想

法的人多了，竞争自然就很激烈，原本好找工作，也变得不好找了。用人单位堂而皇之地把要求从本科生提高到研究生，再从研究生提高到博士生。据我所知，法国的用人单位是岗位制，本科生的岗位，绝不会用研究生，研究生的岗位绝不会用博士生。每个岗位学历不同，工资也不同。国家要求博士生的岗位必须支付博士生的薪酬。法国企业不景气，它们减少博士生和研究生的岗位，多雇用一些本科生，以节约成本。我们似乎不是这样，有的大学连后勤工作人员都是博士学位，有的大企业把门槛定在博士生或博士后，但实际安排的工作毫无科技含量，一个大专生就可以办。高学历在单位里压着，低学历在社会上漂着，在这种情况下，理工科的学生有何优势可言。所以，在成才的问题上，文理科学生面临同样的困境。

现在学校仍然分文理科，这当然是为了高考。高考成功的学生在进入学校之后，就有了自己的专业，文科专业和理科专业，因为专业，学生也自然地被标定文科生和理科生。这里的文科生和理科生已不是简单地学文科和理科，而是从此可以拥有理科思维和文科思维的人才，而且这两种思维被社会认可，也被带入工作和生活中来。有的单位要理科生不是因他的理科专业，而是认定理科学生思维严谨、逻辑性强、论证有力；有的单位要文科生，认为文科生思维跳跃、联想丰富、语言感染力强。这样认为没有错，而且也无对错之分。只是我们经常会看到有些理科生在文科岗位上干得有声有色，有些文科生在所谓的理科岗位表现得如鱼得水。爸爸在前面说过，在生活中、在认识上，似乎不应有什么文科思维和理科思想，如果非要有思维，那应该是科学的思维、务实的思维。什么东西都有科学性，不一定是理工科，什么东西都有感性，也不一定是文科。世界上许多名著是科学专家写的，有些著名科幻小说出自纯理科作者之手。人真正进入了生活，讲究合理、适度、创造性，这些标准也是文理科共享的标准。很多理科生在谈恋爱时吃亏，直来直去，非黑即白，有些文科生在婚姻中过度放飞自己，而让生活一团糟。

其实，我说的这一切，你都知道，或许也同意我的观点。爸爸也是不想看到你成长后偏执于理科或文科。文理科加在一起才是社会，才是生活，才是我们创造的人生。两者是一个事物的两面，可以先了解一个，再了解另一个，但绝不能因为了解一个而否定另一个。工作或学习中的人可以单向度发展，但生活中的人最好是双向度或多向度的，因为这是生活的多向决定的。你目前好好上理科班，兼顾文科的一些好东西，为自己的未来打下一个可变能变的基础。

2016.9.18

血脉是路，心灵是我们，路通了，心也就通了

孩子：

如果是妈妈给你写这些家书，可以肯定那会是另一种风格。她的第一封家书有古语，有英文，全是至理之言。妈妈看书多，更相信古人的智慧和先哲经验，她潜心阅读和摘抄，并且也让你在少儿时代系统地接触了她认为好的国学经典。爸爸现在还记得妈妈给你讲，让你背和你怀着自豪和神气大段背诵《大学》《中庸》等名篇时的情景，爸爸更记得妈妈说你已开了天眼，能看到老子爷爷，知道他那时那刻的状态。妈妈喜欢老子，所以总是通过你来打听老子的现状，爸爸也觉得神奇，也总向你请教。这时，你会

说老子正在看书，正在写字，当然老子爷爷有时也会休息。随着你长大，你好像离老子远了，看不到他了。爸妈真的相信儿童与圣贤在某时某刻相距咫尺。爸妈在每一次听到老子的信息后，都会深深地吻你一下，感谢你与老子的通灵和给我们带来的安宁。凡事有其时。你灵光乍现的时候很短，无论这真实与否，我们都看到了，相信了，更主要的是我们因此而融合在一起，血液交织在一起。现在你失去了这份灵通，又有了其他神器，爸妈在你身上观察和感受着这一切。

我们说心灵相通，血脉当然是过得硬的条件，但又有多少家人，至亲做不到心灵相通呀。血脉就像路，它四通八达，心灵就像我们，在路上走的人，碰上了，处好了，就近了。路通了，心也通了，这种通也是暂时的，但暂时的通多了，就是永久的通。想想过去，妈爸可能是心灵相通了，所以默契和睦，我们因为通而共同做了许多不容易的事。后来有了你，妈妈努力照顾你，把心放在你身上，结果你们也通了。现在妈妈不在了，走了三年，爸爸负责照顾你、守候你，爸爸知道这就是我该做这件事的时候。所以老天也让爸爸带薪居家陪伴你，我们父子的心也通了。爸爸知道这美好安宁的时候，会随着你考上大学而消失。那时，你的心要与心上人碰接，爸爸要撤下来，让你没有负担。我不会让你在爸爸和心上人之间为难，因为爸爸懂天理，知天时。古训的优势就是让人智慧，而今人的攻略是让人势利。爸妈的人生不势利，不功利，当然也够智慧。爸爸希望你超越我们，过一个平衡正常的生活。爸爸希望这种生活就像你的心电图一样平稳，不出现大波动。大起大落的生活不属于我们普通人，我们追求普通中的不普通，爸妈做到了，下面看你的了。

2016.9.19

大众生活是互联网，
自己的生活是电脑

孩子：

你出生于1998年，用流行的说法，是90后，当然这只是一种说法。有些人认为这种划分很准确，甚至努力区别80后或90后之间的区别。如果说生肖、血型、星座还有一些意义和可信度的话，那几几后的划分断无什么有效的根据。这种分类是电脑的、互联时代的产物，是大数据演变的独创。电影可以针对几几后拍，图书可以针对几几后出，饮食、服装、汽车，乃至文化领域都可以以此为依据，貌似有理合情。我知道这是个细分细化的时代，思维来自于软件工程师。现代生活就是一台大电脑，大众的生活就是互联网。主宰大众生活的是软件，或者软件制造者。互联网思维比迄今任何一种宗教都普及，都有效，甚至辐射任何人。现在划分更细了，比如90后，还可分90后、95后、05前或05后。如果95后与95前雷同，可以说他们是90后，但如果95后与05前相似，那怎么办呢？有办法，再发明一个概念就行了。

爸爸周六在后海喝茶，面对祥和的湖面和柔和的日光，过一个自愿慢下来的生活。茶座临街，如织的行人给静静的湖面添加上活动的线条。爸爸边喝茶边看，发现不少行人、情侣或孩子，头都顶着一枝树枝花草，爸爸知道这是一个创意发卡，小清新，小浪漫，孩子戴俏皮，情侣戴恩爱。但爸爸发现下至10岁，上至三四十岁的人都戴，一棵小草或一朵小花带在年龄跨度这么大的人身上，还是会在惊讶中惊诧。我想原本依据00后创制的绿植发卡，怎么也会得到90后、80后的喜爱。这是定位的问题，还是区分的问题，抑或是人爱美、爱俏、爱嬉戏的共性。爸爸属于50后，妈妈属于60后，我们仅差3年，年龄上可分先后，但心灵上无前无后。我们作为几几后的差别几乎没有，有的确实是不同年龄的相似和相同，这是可能的，也是真实的。现在姐弟恋、老少恋有多少，他们能恋在一起绝对是因为相同，而非相异。我们所谓的互补也是在情投意合、志同道合、心身契合的基础上实现的。

爸爸对几几后的划分与称谓没有所谓，但我不希望你自己认同于90后。你身上有许多几几后的东西，一个90后不足以支撑你全部的情感和追求。比如爸妈崇拜的人多是古人和老人，我们的所爱是古今中外，最早的四千年，这得多少个几几后呀。我还是感觉老、中、青、少、婴的划分最为科学和理性。把自己看作年轻人比只认几几后要宽泛和包容得多。我同意奶粉、药物，是可精划的。如果开运动会，或许也可精划为段、级。但在心理上、生活上，几几后几乎说明不了什么问题。孩子，你现在就是青少年，马上就要成为青年，一个青年应该做的事，你都要做。一个青年的使命，你要完成。一个青春的阶段，你要顺利度过。这与90后无关，这时的90后只能说明你是一个青年人，再没有其他意义。10年一后的划分是二进位制，很中国，也很传统，也是它开启了计算机的时代，仅此而已。

2016.9.20

爸爸妈妈都会做事，
都不会做官

孩子：

你进入中学以来，先后当过课代表、校数学带头人、班级生活委员，这些职务严格地讲都不是官，因为你没有直接的部下。换句话说，它们更像是一种委托、一种激励，不是让你学得更好，就是要迎头赶上同学们。你可以是一个代表，代表你自己的能力。进入高二，你被选为校学生会主席，这有了一点官味。说官味，因为学校不是升官发财的地方，但既然叫主席，又有一个真正的学生会，亦即有了部下和同事，这就事关很多人了，不仅是自己的事了，所以爸爸想以此为题，聊聊当官的事。咱们家中，没有人做过大官或者说真正的官僚。爷爷是外语教授,姥爷是经济专家,爸爸是翻译家,妈妈是人力资源专家,虽然我们都有实际的职务和官衔,但专业才是我们的立足之本。我们都会做事,不太会做官。

爸爸要说的,也不是如何做官,做怎样的官,而是想说如何做了官,无论大小,都不要以为官大民小,不要以官欺人,而是要看看自己是否有做官做事的能力。做官就是为了做事,如果没有能力做事,那官只能是贪官和庸吏。你现在做学生会主席的工作首先要知道这是一份工作,一定要做,要有为。要有为就要依靠全体学生会的同学,大家同心协力,没有上下级之分。真正的领导应该是同志有好的建议,你要帮助实现,如果同志们没有好的建议,你能提出好建议,带领同志们去实现。有功劳归大家,有责任归自己。爸爸很高兴你这么小,这么早就有机会尝试做领导,领导一个集体,为全体同学服务。爸爸做科长时已近30岁，做处长时近50岁。做科长领导二十多人，做处长反而只领导1人。爸爸做领导时，把集体当家，保护其中每一个成员，帮助其中有困难的成员。是不是好领导要看业绩，还要看口碑。有些业绩界限不清，领导可以据为己有，但口碑是另一回事，尤其是在领导离岗、退休之后。孩子，如果你真想做领导，就必须做好吃亏的准备，不仅"物质上的，还有精神上的"。无官一身轻反衬出为官的重负。

爸爸十分欣赏法国的家族企业，企业是家，企业员工是家人，只要员工恪尽职守，不违反制度，他们的工作就永远是稳定的，心态永远是轻松的。让一个员工在心里觉得自己的工作是稳定的、无忧的，这实际上是对企业的最大认同。员工为了这稳定，为了这持久，会竭尽全力。法国家族企业动不动都延续百年，就是这个道理。反而我们有些企业，无端输入危机意识，让员工人心惶惶，看领导脸色行事。这种企业能稳吗？当然，会做官的人知道，如果大家稳了，他就不稳了。

总之，把官位当作一份工作，让工作证明自己的能力，这样做官错不了，既对得起自己，也对得起企业和部属。领导是带头干的人，反过来说，能带头干的人是有能力的人，让别人干的人大多是无能的人。其实领导有能无能，部属最清楚，而爸爸说的口碑就是部属的口碑，不是上司的夸奖。

2016.9.20

能把坏事变成好事的人就是传奇的人

孩子：

我们普通人的生活应该是平凡平淡的，但在平凡平淡中，如果注意观察，细致体验，还是能够发现许多挺神奇的事情，而且在我看来，这种神奇也是不可复制的。

比如，你出生于10月20日的10点20分，这神不神，你预计在26日左右生，爸爸替妈妈找好了一个主任大夫。结果你突然发飙，要早出来。妈妈19日晚住院，安排好20日第一台手术，8点左右，被临时改为10点左右，这才有了日期与时间的巧合，而且值班手术医生正是爸爸要找还没找的医生。爸爸安排的事全乱了，老天安排的事全成了。你出生后，我们刚决定给你找阿姨，把你寄托出去，爸爸还没去保姆站，你就在街上让一位陌生的阿姨向你伸出了双臂，她一眼就喜欢上你，非要看你，留你在她刚分配到的新房，这神不神。你一住就是十年，爸妈既有二人世界，也有三人家庭，生活也很神气。接着你上了小学，幼儿园和师大实验小学都说得过去，我们有面子，你有里子。但师大附近没有好中学，二附中好，那是市重点，跨区，而且竞争激烈。师大北门有个123中，比较普通，谁料在你刚上小学时，它就改为师大三附中，名声好了，也从普通中学升为示范中学。你上中学的问题迎刃而解了。2000年以前，牡丹园小月河是臭水沟，2000年，你搬来花园路，当年花园路北土城因为大运会一下子变成了大花园。你拥有了元大都公园和小月河的清渠。这种时间上的巧合经常成为我们相信自己福气和老天有眼的依据，这些都是与你的生活有关的小神奇。爸妈生活中的小神奇也不少。我们刚结婚，单位就分房;我们刚生下你,就分到了三居室的新房;我刚住上新房,就被派出国;我刚准备在杂志社干到退休,就又把我派出巴黎。爸妈所谓的神奇没有一个是自己挣来的,都是因祸得福,不求而得的因果。

不错,把生活中的这些小巧合当作生活的传奇不免有自欺欺人之嫌,但不妨就这样自娱自乐。普通人不都是很贪心的,他们懂得本分和知足。知足而乐的结果就是心态好、人阳光,既不把自己太当人,也不把自己不当人。话说回来,生活的传奇是要捕捉的,我们如果对此敏感,就会觉得幸运和幸福。如果我们麻木,看不到感受不到它们,就可能会杞人忧天、自卑自贱。物质生活确有高低贵贱之分,但精神生活和感情生活只有愉快与伤悲之别。孩子,你已经看了不少书,许多科学家、文学家、艺术家都是先发现了生活中的神奇,才创立了自己的学说与作品。我们所说的过日子是一种要求较低的活法，会生活、学会生活的内核就是发现生活中的非凡与神奇。伟大来自平凡也是这个道理。如果我们的记忆充满无数这样从平凡中获取的神奇，我们一定是快乐的和幸福的。还有生活中的不顺心，不幸与挫折也是生活中的一种神奇，就看我们能不能挺住，能不能适应，能不能变坏为好，应该说把坏事变成好事的人也是神奇的和有传奇色彩的人。

2016.9.21

好的人生一定是好选择的积累

孩子：

你进入高二后，进行了你人生中第一次比较重要的选择，你尽管比较全面，各科成绩均衡，但你还是选择了理科班。爸妈都是搞文的，但我们尊重你的选择，不是因为你选择对了，或有不可质疑的理由，只是因为这是你的第一次选择，第一次事关你未来的只能由你做主的选择。

当你做完选择后，爸爸只能给你一些建议，认清和厘清文理之间的关系和认识误区。你必须做一个能够选择并且让事实证明你选择对了的人。所谓担当，就是担当选择的后果。说到选择，就是再普通的人也要做无数次选择乃至抉择。但更多的普通人都是由别人替自己选择或跟着别人去选择。爸爸虽不要求你独辟蹊径、与众不同，但绝不希望你毫无主见、盲从盲选。凡跟风者未必承认自己是跟风，反而倒是独特者常说自己并无独特之处。做一个识别选择时机的人比做一个选择要难得多。将军们可能都会选择进攻，但何时进攻才是战役胜利的关键。在人生中，有时一步错，步步错，就是说要不停地为了第一选择做出更多选择，就像一个谎言要用一万个谎言去圆说一样。爸爸不认为一个人的生活要做那么多个选择，我想只要几个重要的选择选对了，人生就错不了，选择也会相对少。上学是一个，工作是一个，恋爱结婚是一个，教育后代也是一个。人生的这几个时机往往决定一个人的胜负，有人先对后错，有人先错后对，当然有人几乎不错。爸爸自己已经走过大半生，经历了这几个时期，我选择得对不对呢，我现在可以告诉你爸爸满意当初的选择，不后悔，更无悔。比如当年考大学，我可以考北大，但如果没考上，只能永远做小学老师，而且很有可能考不上，因为数学是零分。放弃北大选择二外，这是学校的差别，不是人生的差距。恋爱方面，爸爸遇上妈妈，只说了几句话，双方根本就没谈恋爱，也没说爱，只谈了研究和未来。爸妈当时都不懂爱，如果任何一方想看看再说，谈几个对象再定，我们是走不到一起的。后来我们又遇到出国留学、国外定居的诱惑或潮流，我们选择了不跟风，坚守我们抱定的平淡一生的诺言。后来，看到出去的不回来了，留下的变成单身了。我们庆幸我们的坚定。

爸爸想说，在重大选择上，要听自己的心，坚持主见，而在生活细小的选择上，可以妥协，甚至不选择。古人说的顺其自然，看上去没有选择，实际上是一个舍我的大选择，那就是听从命运，听自然的，听客观规律的。只要你的选择是审时度势的，实事求是的,就是对的,哪怕会为此付出代价,好的人生一定是好的选择的累积。

2016.9.22

真爱是人不在以后的思念

慰慰：

今天爸爸要带着朋友去看妈妈。你知道的，爸妈有许多老朋友、好朋友。他们提出要在金秋看看妈妈这位已故的朋友，爸爸很高兴，好像也没有理由拒绝。但爸爸提出了一个条件，不要把这次看望当作扫墓，心情不要沉重，就当真的去看朋友。为此，爸爸为自己准备了扫墓用的菊花，而给朋友们准备了看朋友的雏菊和康乃馨。虽然康乃馨更多是送给长辈的，但死者为大，也算切合。

爸爸本想借此机会谈一谈对死亡的看法，可坐下来一想，你已经经历了亲人的去世，这种痛、这种诀别、这种思念都一一出现在你的心上，这比爸爸的看法要逼真得多，尤其是你经历了这一切后，迅速长大，一夜懂事，让姥姥姥爷、爷爷奶奶都刮目相看。爸爸差一点倒下，但是因为你的表现，爸爸也挺过来了，所以今天就不多谈死了。西方人为死亡找到了天堂，让人笑着去，东方人为死亡找到了归宿，让人视死如归，让人勇敢地走。妈妈是勇敢地笑着走的，是的，爸爸就在身边，就是证人。可是生活还在继续，妈妈无时不在，甚至妈妈的衣物、家庭的布局一切如常。人们说人一走，茶就凉，人死了，一切皆无，可爸爸的感受是妈妈走，爱还在，柔情、友情都还在，这是每个人都能做到的吗？不一定。但我想每一个好人都能做到。

　　现在爸爸可以回答一个俗透了的问题，什么是幸福？这就是幸福。走了、去了都还被纪念、挂念、思念的人，这是一种境界，而且这种境界绝不由财富、权势所控制，是一泓净水。人活到或死到这分上，夫复何求！爸妈在一起的时候，总是妈妈让着我，哄着我，夸奖我，可时间无情地告诉爸爸，真正的强者、贤者、淑者是妈妈，这柔不是为了克刚，而是为了炼刚，她让爸爸成为对社会有用的人、一个负责任的人。人在活着的时候，往往看不到这一切，中国的清明节不就是让人们在扫墓时知晓和感知这一切的吗。清明，多好的教诲，爸爸知道其中的奥妙，所以，不仅在清明时要清明，在妈妈祭日、生日，或任何一个与我们相关的日子，也要清明。一般传统，在墓碑上，男在上，女在下，但爸爸觉得妈妈应在上，不仅因为先者为上，也因为贤者为上。孩子，在墓地中，这恐怕是唯一的铭文。在此岸，爸爸曾为上，在彼岸，妈妈为上，对此，你是证人，也希望你在日后的情感生活中，要先知先觉，不要像爸爸这样后知后觉。我想有了爸爸这封家书和这番心意，你定会选择性吸取，取其精华，好好过日子。

爸爸已经从失去妈妈的痛苦走出来了，但永远不会走出对她的思念，如果这时有人问我，什么是爱情，我会说人走后的思念就是爱情。为什么爱人都喜欢白头偕老，因为只有老了，才知道爱是否存在。

2016.9.23

父母要学会说话,孩子要学会听话

慰慰:

一口气下来,爸爸写了几十封信了,不知道为什么有这么多的话要讲。有时,我也想是不是话太多了,有些烦人了,但即便是在警告自己的时候,心里的话还在向外喷涌。为此,我进行了一番分析,可能一是因为过去说得太少,所以现在话多,或者过去知道得太少,所以话少;二是因为这其中大多数的话都是妈妈的话,爸爸只是代言。妈妈虽然走了三年了,但好的想法好像越积越陈,越陈越精。现在是话往下掉的时候。三是我想改改人们对父亲言少的观念。凭什么父亲就言少,凭什么父亲有话说不出来,凭什么总是让父母沦陷有说没说而导致误解的无尽内疚中。再有就是从正面呈现父亲真的想得很多，也能说得很多，只是没有适合的机会。爸爸的爱不能总是无声的、默默的、木讷的。实际上，爸爸去哪了并不重要，重要的是爸爸说了些什么。爸爸的形象好像从根本上就有些走偏，而妈妈的形象虽然根上没偏，但半路上出岔。现在有妈有爸是幸福的，是针对孤儿而言，可有些孤儿恰恰是由父母制造的。

有些扯远了，现在回到父母的话上来。其实不管妈妈话多，还是爸爸话少，重要的是话说得对，说得是时候。我们主张沟通，交流离不开说话，但沟通和交流所需的说话不是平常人的说话，是一本专门的技巧、方法，甚至思想。这就好像广场舞不是舞蹈一样，或者说人人能跳的舞不一定是舞蹈。我干脆说，父母要学会说话，孩子要学会听话，父母确实有些话是没用的，是重复的，甚至可以描述为自然界的鸟鸣虫叫，是本能的，是无意识的。对于这类话，孩子可听可不听，不听无大碍，听了无收益。但如果父母说的是经验之谈、体会之语、叮嘱之言，孩子则需认真听，尽量倾听和接收。至于对不对，要不要成为自己的经验，则可自行决断，但起码要准确掌握父母对事情的看法和态度。对孩子而言，这是一门没有考试的课程、没有压力的学习，是最好、最节省、最便捷和最完全的学习。聪明的孩子每当听到父母开讲，讲这类话，他们会听，甚至会记住，更有甚者，会成为他们日后的处世哲学。妈妈的话和爸爸的话有区别吗！当然有，但如果涉及观点，爸妈的话形式上有区别，内容上并无区别，那就是爱的指引和谆谆教诲。所以，爸爸认为听父母的话不是听妈妈的，或是听爸爸的，而是听说得好、说得有道理的。能辨别父母的话的孩子是聪明的孩子，父母的话看上去是说教，其实是传授，无私的传授。

现在社会上反对说教，文艺上反感说教，主流成为迎合、献媚和忽悠。没有主见的人最喜欢听人家的，走自己的路，让别人说去吧。没有自知的人最喜欢听人家说你是最棒的，自信者是最棒的。大体上讲，中国社会自古就是说教式的，现在是反说教的。忽悠大行其道可能因为缺少说教，这里面的差别是忽悠者大多是骗子，说教者大多是君子，伪君子除外。因为人们反感说教，所以说教者少了，因为人们推崇忽悠，所以忽悠者多了。孩子，这是社会上的情况，在家里，一般没有忽悠，没有太不靠谱的父母。父母的话从理性和感情上讲都是充满爱意的、有益的，哪怕有说教的成分。

2016.9.24

男人不仅要有男子气，
还要有男人观

慰慰：

我们三口之家是阳盛阴衰，现在索性只剩下两个男性。所以，爸爸就聊聊男人吧，因为你过两年，也会变成一个真正的男人了。男人原本不是用来聊的，而是用来做的。话说回来，聊男人比聊女人容易得多，男人说穿了只有那么几种，而女人是无尽的，即便是只有一个女人，也会有百面千变。

爸爸走过来，可以说自己是一个什么样的男人，爸爸肯定不算帅男人，也不算大男人——就是那种做将军或政治家的男人，更不是富男人，如此说来，应该是三无男人，是个失败的，或者平庸的男人。但爸爸也有一强，爸爸强在学识上，一个翻译家不是随便什么人可以做的，爸爸的小爱好也成了点气候，有些人也把爸爸叫收藏家，这好像也不是什么虚名。因此，爸爸这辈子还算是立得住的，可以为傲的。从品质上看，爸爸追求文人的情怀和气节，做不了君子，也绝不做小人，爸爸也追求心怀坦荡，绝不蝇营狗苟。最后，爸爸追求为人慷慨，与人为善，爸爸认为人活着不能小气，做人不能小器。这几种追求虽然没有达到顶点，但至少爸爸还算是个男人。这是男人的底线，其余的成功都是装饰，而真正好女人一眼能看中的恰恰是男人的骨干，而不是男人的外表。

爸爸说这些，不是想让你成为爸爸，但希望你认同爸爸的男人观，做一个有自己风采的男人。本来，做男人是应该或可以向男人学习的，但当下，男人为衰，女人为盛，汉子多变成了娘子，而娘子却变成了汉子，有许多女人做得比男人好，也有些女人心胸比男人宽,还有些女人从根本上不把男人当男人了男人女性化和女人男性化是一个很深的社会课题,你长大了再研究吧。但无论如何,你已生活在现代母系社会之中,尽管你有意识,有警惕,但要真正做一回男人也不是很容易的。这种压力会来自男性与女性两个方向,爸爸看你有一股硬汉劲,没有娘娘腔,这很好,有这股男子气,再有男人观,我想你不会沉沦于当今的阴盛之境。你现在还小,用不着有什么大本事,只要学习承担责任,勇于面对挫折,拒绝拍马屁,不做损人之事。当你的男子气和男人品质成形后,无论风云如何变幻,你都会是一个顶天立地的男人,一个真男人才有可能成大器,做大事。

2016.9.24

不幸福的人才追求幸福感

孩子：

　　幸福涉及每个人，所以每个人都有发言权，不管他是否获得幸福。这其实是一个哲学问题，也是一种生活实感，所以幸福与幸福感经常被等同或混淆。爸爸是过来人，所以敢肯定地说，爸妈有了你之后，非常幸福，而且充满幸福感，就是现在回忆起来，幸福感还有，幸福已不再了。你现在是学生，人生刚起步，问你幸福吗，你可能难以判断，如果问你快乐吗，你或许能切实地回答，所谓身在福中不知福，更多地应该是指孩子，他们因为不懂何为福而不知。你现在不一定觉得幸福，但也不一定觉得不幸，你的幸福更多地与学校有关，与玩有关。爸爸带你去杭州玩,问你的感觉,你说可以,并没有露出什么喜悦和幸福感,可爸爸沉浸此时的幸福与回忆的幸福感中,诗和词不断地涌出。

爸爸曾就幸福这个问题写过一篇文章,大意是幸福是公度的,幸福感是个人的,而且幸福感通常是不幸者的感觉。比如,终日忙碌的人得一时闲,他会觉得很幸福,这其实是幸福感,不是幸福,如果他终日都闲,获得了闲的幸福,他就不会感觉一时闲是幸福的。说到底是幸福好,还是幸福感好呢?爸爸只得武断地说,对穷人而言,幸福好;对富人而言,幸福感好。幸福是公度的,就是说它可以被量化,成为公认的指数,穷人如果有了大家公认的幸福指数,它当然幸福。富人之所以是富人,因为他已拥有了这个指数,即幸福,所以他只剩下寻求幸福感了。不是有些富人爱过穷人的日子吗?因为他从中寻找到了幸福感。爸爸聊这个话题,是想表明，不要追求那种大的、人人公认的幸福，那很难。追不到时，不幸；追到了，还是不幸。要享受眼前所拥有的一切给你带来快乐的东西。

　　珍惜当下，恐怕既是一种幸福，也是一种幸福感。物质上的幸福带不来精神上的幸福感，精神上的贫瘠也感受不到物质上的美好，觉得自己幸福的人在别人眼中未必如此，别人认为你幸福时，你自己未必幸福。爸爸的体会是要捕捉每一个幸福感的时刻，享受这一刻的幸福，因为它只属于你。总能捕捉和享受幸福感的就是幸福的人、幸运的人。幸运在任何人眼中都是一种幸福，可不是任何人都是幸运的。爸爸希望你积小福为大福，惜小运得大运。从目前看，让自己快乐就是一种力所能及的幸福。

2016.9.25

我们无法总赢，
但能做到少失败

慰慰：

爸妈这一路走来，一直很顺，没有什么大的波澜，更没有被什么打倒的失败。所以，没有遭受过失败的人是没有资格谈失败的。

不过，爸妈没经历过失败，不是因为了解失败，而是因为自知之明，知道什么事能做，什么事不能做；什么事好做，什么事不好做；什么事值得做，什么事不值得做。所以自知之明可能是避免失败的方法之一。比如，爸妈如果好高骛远，在第一次考大学，不知高考是怎么回事时，就报名牌大学，我们高考失败的概率就很高。我们报了一个较不知名的大学，结果成功了。对高考而言，我们成功了，对面子而言，我们虽败犹荣，或者根本谈不上失败，因为我们根本没报。还可举一个例子，爸妈被派出国做外交官，我们同别人一样有可能被派到一个较好的国家，这又是面子的问题。但爸妈决定直接向组织上表明我们愿意去贫困国家，条件是我们都是外交官，后来分配结果公布了，有些同事被派去好一点的国家，但配偶是编外，没有工资，只有补贴。爸妈被派驻尼日尔，一个非洲西部的贫困国，但我们都是外交官，爸是三秘，妈是随员，两份工资。再后来，当看到大使夫人、参赞夫人等高级外交官夫人都是编外时，我们知道在选择国家这个决定中，我们没有失败。再后来，那些嘲笑我们的人，反而羡慕我们都是编内馆员。我们在面子上可能输了，但从整体上看我们没有失败。举这两个例子，要说明如果人不是太贪，就不会失败，如果人们有自知之明，量力而行，也不会失败。这有点像养生，养生好了，人就不容易得病，也就不受得病之苦。

实际上，我们无法肯定我们总赢，总成功，但我们完全有可能做到少失败或不失败。千万不要因为怕失败而不做事，也不要为了虚荣而做事，爸妈首先知道我们自己的能力，能做多大事，又了解我们做的事需要什么能力。我们因人设事，权衡利弊，才会做出做与不做的决定。而这个决定的后果就是成功与失败，实事求是就是不败之本。你现在是学生，没有真正意义上的失败，你现在年轻，也不用怕学习和生活中的失败。当然，没有常胜将军，就是偶有失败也要总结和反省，研究成因与败因。做事上的成败与周全缜密的思维有关，人生的成败与人品有关。爸妈都不是什么成功者，也不是什么倒霉蛋。我们工作上的顺利，一是靠自己，二是够运气，这个运气。可以是天，是地，是人。不树敌，少树敌也是保证顺利的一条经验。

爸爸谈失败，不谈成功，就是要你先懂得避害，保护好自己才能想成功的事。

2016.9.25

西方人看谁活得快乐，
东方人看谁活得成功

孩子：

通俗一点讲，人生是什么，是吃、喝、玩、乐。为了能吃、喝、玩、乐，人所以要工作，工作是为了更好地活着。很好的工作未必能让人很好地活着，这与生活理念有关，也与身不由己有关。

想不想工作，要不要玩乐，这些都涉及人的本性，如懒惰贪玩，无论是工作和玩乐都是要控制的，讲度的。无度的工作和玩乐都会带来不幸，身体会累坏，品质会堕落。古人说玩物丧志是也。儿童的玩另当别论，这时的玩不仅是天性，而且是学习、生活的一部分，这部分开发好的孩子，长大后有想象力和创造力，长大后的玩则是兴趣和志向。比如有人说玩计算机，玩船模，玩古董，玩高尔夫，这些玩，浅者是兴趣，深者是专业，代表一种境界。爸爸的人生观中吃喝都不重要，重要在玩乐，当然是在自食其力、有稳定收入的基础上。农民的日出而作、日落而归的辛勤是一种活法，只是现在很少有人还愿意这样过。公务员的朝九晚五，看上去劳逸结合，所以令人向往。爸爸说的玩和乐都是指业余时间，可幸运的是，爸爸的上班时间也可以玩，也可以乐，因为爸爸在娱乐圈工作。爸爸说的玩其实是好玩，不是真的玩什么了不起的东西。爸爸固执地认为人活一世，不可太苦太累，太拼太搏，大忙特忙，要让自己闲一点，慢一点，乐一点，好玩一点。要充满笑声和微笑，幽默就是这种玩和乐的诠释。制造玩笑者必是好玩的人。纵观爸爸的职场，一半是严肃的，一半是好玩的，这叫张弛有度，紧张活泼。

比如办杂志是严肃和紧张的工作，但开

编辑会却是松弛和活泼的瞬间，思想无拘无束，笑语充满办公室，这种工作气氛最适合脑力工作，何况我们的工作还与电影有关。有部电影叫《找乐》，就是再苦再累的工作，也能找到乐。这时的乐是工作的调剂，许多人在一起工作不为了钱而是为了这个大家乐的氛围。

爸爸很高兴你在学校爱开玩笑，也能跟同学们乐在一起。孩子在一起玩，有时会过分，但没有人是故意的。这就是我们认为学生时代是纯洁的，无拘无束的道理。开得起玩笑，经得起玩笑是一个男人必备的条件。胸怀与大度就是在这些玩笑中练就的。从爸爸几十年后的同学会看，大家能记起的，还引发大家哄笑的往往是当时大家彼此开的玩笑和大家闹出的笑话。总体上讲，让自己的生活出彩是必须的，让自己的生活好玩也是必需的，因为我们工作的最终目的是让自己快乐。看谁活得快乐是西方的一种生活态度，看谁活得成功是东方的一种信条。爸爸希望你的人生在快乐中成功，如果这一点做不到，就让自己成功地快乐，因为快乐无价可估。

2016.9.25

生活可以平淡无奇，
但记忆要有声有色

慰慰：

看一个人幸福不幸福，还有一个方法，那就是看他有没有幸福美好或者刻骨铭心的记忆。我们都知道要过一种平淡的日子，因为生活本身含带有无穷的变数，能够平淡地走完一生，已是人生的很高要求。尤其是对普通人而言，生活可以平淡，但记忆如果也平淡，在回首往事，给孩子讲故事时，记忆平淡如水，都是一些生活的翻版，也是一种遗憾。爸爸认为，生活可以平淡无奇，但记忆要有声有色、色彩斑斓。在生活中求奇追伟，在记忆中可能是悲痛与悔恨，但如果我们能在生活中有意制造一点惊喜和特别，这不仅为了我们的生活，更是为了我们日后的记忆。比如，与朋友吃饭很平常，但把自己身上仅有的钱为朋友饯行可能就是日后美好的回忆。再如，与友聊天太常见，但与一个好友彻夜长谈，倾心交流，它就会在你关于友谊和真诚的记忆中留下一抹色彩。其实，社会上的大事，人人都知道大事，我们或许记不住，记不准，但生活中的关于自己的大事，我们可能终生难忘。当然，生活是一天一天过来的，记忆什么或记住了什么，当时我们也无法知道。爸爸现在快60岁，我清楚地记得我曾经与同学肝胆相照的那一晚，我为朋友仗义出手的那一遭，我为妻子买卡地亚手表那个场景，我与队员完成的一次神奇进攻。爸爸之所以说要制造一些可记忆事件，是因为我们当时不知道记忆能带来什么，不知道我们当时的快乐和痛苦在日后的记忆中会变得如此亲切和幸福。所以，爸爸现在争取在生活的每一一个可制造记忆的时刻,留下可记忆元素和情景,供日后我们回忆和享受。这样想意味着我们不会再吝啬,不会再计较,不会再争斗。今天美好的同学聚会就是日后我们美好的回忆。今天的开怀畅饮就是明日的幸福记忆。

我们无法掌握命运,也无法安排我们的生活,但我们多少可以制造一些回忆,我们今天留下什么,明天就可能回忆什么。所以我们要留下美好的东西,尤其是要在可制造回忆时,做得比平常好,要超出自己平时的水平。比如,你平常只住300元一天的旅馆,这一次你住一次1000元的;平时你总坐公交,这一次你打车去较远的地方看朋友;平常你从不信任人,这一刻你把自己交付给了别人;平常你爱记仇,这一次你冰释前嫌。如果人们这样做了,我敢说他们不仅会记忆,而且还会在记忆中,为这一时的举动感到幸福。孩子,爸爸说的有无道理,你可根据自己的情况来证明,但如果你相信爸爸说得有道理，你可以如法炮制自己的记忆了。为了将来幸福记忆而在现在做一些值得记忆的事，也是一种美化我们生活的方法。我们知道无悔的人生是什么样，我们就照无悔去做，结果可能真的无悔，但如果我们蒙着往前走，活成什么样，就回忆什么样，那我说这一生活得有点亏，这时光有点惨。有一个书店叫"雕刻时光"，这个名字取自于苏联导演塔尔科夫斯基的一部电影。我们只要雕刻了时光，那么时光在日后就会呈现为我们的雕刻作品，我们的平凡生活在记忆中可能就会成为艺术品。

2016.9.26

事实证明，人不为财未必死

孩子：

如果爸爸问你为什么上大学？你会怎么答，无论你怎么答，爸爸最不想听到的是为了创业上大学。爸爸这样说，不是因为这样做不对，只是因为在爸妈的理念中，创业根本不是生活的根基。目前全民都在创业，大学生更是疯狂，有些还没结业，就已经开始创业。这看上去、听上去很阳光，很正能。但为了创业丢掉学业，或者为了创业而拒绝其他工作和生活的可能性，怎么说都有些背离教育的目的。美国人家家有车库，在车库创业的人未必多，创业成功的就更少。资本主义国家少有国企，个人不是为个人服务，就是为自己服务，更多的人是找不到工作才创业的。就像我们过去的社会，没有工作就做点小买卖。爸爸不喜欢创业这个词是因为它背后有一个更可怕的词：财富。古人说，人为财死，爸爸不想为财而死，而且事实证明，人不为财未必死。财富本身无好坏，但拥有财富的人有好坏，获得财富的方法有好坏，财富带来的命运有好坏。其实，财富与普通人没有血缘关系，普通人要想长命最好别有财富。这叫有命得没命花。这样的故事举不胜举。爸妈是本分之人，靠自己的能力吃饭在，哪儿能靠自己的能力，就在哪儿吃饭，有饭吃即可，未敢再图其他。现在社会，有能力的未必能创业，创业的未必有能力。爸爸始终认为吃饭看本事，财富靠手段，有吃饭的本领不伤及别人，用致富的手段可能会损人。工资可能是个人所得，财富就说不清了。人这辈子不愁吃穿用度，就是很好很幸福的人生。

没有战乱，没有疫情，没有灾害，只有

和平、安宁和愉快。爸爸推崇小康、小资、小情小调、小成功、小骄傲,这不是没出息,这是中庸之道。

有些人生下来就是英雄,就是为拯救什么而生的。哪个国家都有这样的人和这样的事。为国家做大事,为民族做大事,这都是伟大之举。如果使命落在你身上,你当义不容辞。但为财富的大事,为挣大钱而活着,怎么看都有点市侩,有点虚荣。爸想说,只要你自己的生活有创造性,有个性,不随大流,不落俗套,这本身就是在创业,这个业是家业、文业,这个业不一定发家致富,但能薪火相传、代代不息。因为这个财富是花不掉、花不完的,是真正属于自己的。

2016.9.26

能让人思念的人一定是被人爱戴的人

慰儿：

今天是中秋节，爸爸点燃起英国十七世纪和法国查理十世的烛台，邀请妈妈和我们一起过中秋团圆节。各大电视台的晚会都没能阻断我们对妈妈的思念，你吟诵着李白的诗句，"举杯邀明月，对影成三人"。爸爸知道你心中想的是我们一家三口，你举杯邀明月，不就是妈妈的名字吗。像这样忧愁的中秋节，我们已经度过了三次，我们与妈妈的照片团圆，在妈妈的像下饮酒，消减我们的思念之愁。爱在人在时叫爱，爱在人走后叫思念，而且思念往往比爱还持久，还深沉。能让人思念的人一定是被人爱戴的人，爸爸因为思念变得惆怅、伤感，听不得关于思念的歌，看不得有关思念的书。爸爸越是思念妈妈，就越挂念你，而且因为挂念你而变得有些神经质，有些忧心忡忡。爸爸要替妈妈照顾好你，看你长大成人，让妈妈安心放心。爸爸的责任又添加了妈妈的使命，爸爸有时后悔太晚才要你，如果能像同学们那样早要孩子，妈妈就能看到你成家立业，就可以安下心来。三年来，爸爸让家一直保持原样，让心也保持原样，可是思念让爸爸越陷越深，也从中感到了爱的深厚，我们竟然做到了。

孩子，思念有许多种，爸爸的思念是爱的思念，你对妈妈的思念是亲情的思念，是对母爱的思念。爸爸知道父爱永远替代不了母爱，所以，当爸爸看到你对妈妈的眷恋，回想妈妈对你的爱，爸爸很欣慰。俗话说，睹物思人，思念爱人是人性中的一种正能量，这种思念可以是怀念，可以是鞭策，也可以是通灵。爸爸已经感受到了它的力量，你也初尝了思念之苦，你想着妈妈，会更努力地学习；爸爸想着妈妈，会更细心地照顾你。妈妈不在了，你无法尽孝了，就把思念当作一种孝心吧。

2016.9.27

文学是望远镜、放大镜、凹凸镜

孩子：

爸爸是学法语的，但爸爸的学位是法国文学学士，这是爸爸与文学最正统的交集。我喜欢看书，但并不喜欢看小说。为了这个这个学位，我不得不看大量法国小说。爸爸看小说和文学作品是按照法国文学史的脉络，凡上面提到的，国内买得到的，爸爸都收藏和阅读了。老实讲，我读得草率，不精深，只是领略一番。但即使是粗粗的领略，也受益匪浅。记得我的学士论文是《法国文学家的旅行与创作》。当时不兴大数据，也没有现成的数据，我以150位法国文学家为样本，考察和追踪他们的旅行。数据告诉我，90%的文学家都有出国旅行的经历，其中大部分又都有在旅行中和旅行后的创作经历，这说明他们的创作与旅行密切相关。因此，读他们的小说，不能只看他们的身份、社会和经济基础，这些虽然是他们固定的社会属性，决定他们的创作方向，但偶然的旅行和偶发的事件才是他们留下自己代表作品的真正原因。

你现在长大了，有了阅读的能力，你可以足不出户地接触这些法国作家，与他们交谈，或者追寻他们的心灵历程。他们的时代已经过去了，但他们的情感、人性，以及关于人的思考并没有完全过时，或者说，今天作家的作品尚未到达他们的认识和表达境界。爸爸认为读小说固然可以提高写作和阅读能力，但更多是帮助我们了解这个世界，了解人类在不同时代的演变。我们生活的空间已经是多维的，但文学作品可以增加维度，让我们进入N度或异度空间去看人性和人情。小说的主题固然是故事、人物，但爸爸更注重作者与这些人物的关系：他为什么写这个故事，塑造这个人物？这个故事和人物读起来有时没什么特别，就像看一部法国电影，根本不会有什么激起全身鸡皮疙瘩的视听刺激，但在这平淡和平庸背后，可能有深刻、有荒谬、有本质、有人生。作者通过故事讲人生，但这个故事不是人生。我们现在热衷看故事，看故事的曲折，人物的复杂，好像故事决定一切，就像细节决定一切。其实高度、深度、广度才决定一切，关键是我们如何从故事中看到这个高度、深度和广度。

爸爸现在有时也看小说，但此时也不再是为了识人知世，而是为了知己。爸爸经常把自己放在小说中，走进故事中，让自己成为书中的一个人物，感受他的精神世界和情感世界。文学对于爸爸首先是望远镜，让我看得远，然后是放大镜，让我看得清，看得透，最后是凸凹镜，反射自己的多面和多变。当然文学有许多功能，这只是爸爸在阅读文学中获得的感受和经验。爸爸看你已经开始和关注这些老书、这些纸介朋友，我很高兴。当年把它们留下来，束之高阁就是为了有一天，你能把它再取下来，看它们，触摸它们。记住，文学是需要时时触摸的，也讲究手感和心感。有了文学感觉，人生就又多了几分味道。

2016.9.28

没必要成为哲学家，
但要做生活的哲人

孩子：

哲学，这个词看上去离你很远，与你无关，但实际上，它离你很近，甚至与你终身不离。爸爸说的哲学，不是大学课程，不是逻辑学科，而是一种人生哲学。这种哲学是一种哲理、一种玄思。学它，懂它，你成不了哲学家，但你会成为一个有自己思想方法，有审视事物独特视角的人。现在人们都爱说"做自己"，但自己是怎样的，怎样才能做自己，人们并不一定知道。当你有了自己的思维视角，有了自己看待事物的方法，你才能做自己，甚至做最好的自己。独特不是长得独特、活得独特，而是认识独特、看法独特。说一个人与众不同，往往指这个人的思想和气质。

你知道，爸爸翻译了一些法国当代哲学家的著作。爸爸在翻译中最大收获就是看到了、发现了这些哲学家的思想脉络和思维视角。哲学家的思维逻辑、概念建构、表述体系都令哲学远离人群，高高在上。高深莫测往往是哲学的代名词，但在这一切之后，是哲学家的敏感和雄辩，是哲学家的深邃和博大。爸爸翻译了法国哲学家米歇尔·福柯的一些著作，发现他感兴趣的是医院、监狱，是绘画、电影，是文学和知识，是话语和档案，这些本不是哲学的原料，但在福柯眼中，它们就是哲学，是日常生活的哲学。

通过福柯，我首先认识到哲学是指导生活和认识的学问，没有这个学问，生活就是生活，就是平庸的日常琐碎。但有了这个学问，生活就是问题，就是艺术，就是将我们从俗中拯救出来的明灯。福柯这位大哲学家也遇到了爱情问题,也试图解决爱情的千年之谜。他认为我们苦苦追寻的爱情,其实是激情,而人们认为激情的东西反而是爱情:"在爱情中,可以说只有一个爱情的拥有者,在激情中,人人有份。"福柯解释说:人们完全可以爱人而不管对象是否爱,爱是一件孤独的事,这也是为什么爱情从某种角度上说总是一方对另一方的关怀。这是爱情的软肋,因为它总是向别人索取。激情本身包含一种强烈的交互力量,而爱情却是一种孤单状态。爸爸举这个例子,是想说我们生活在思维定式之中,这里有误区,有貌似的真理。我们如果了解哲理,如果运用哲思,就有可能看到我们的荒谬、我们的荒唐,虽然我们逃脱不了生活的谎言,但执迷不悟和不为所动毕竟是两种截然不同的生命过程和生活形态。我们虽然做不了哲学家,也没有必要成为哲学家,但我们多少可以成为哲人,成为有哲学质的人,就像有艺术细胞的人一样。

我们常常觉得有些话很深刻，很有味道，这可能就是爸爸所说的哲学味道，哲理和哲思的味道。有许多艺术家都不是哲学家，但他们都是哲人或思想家，他们的创作从某种意义上看就是哲思活动。我们看不懂他们的作品，是我们的哲思不到位，我们的哲学质欠缺。心有灵犀并不是情人独有的化学反应，更多是思想的默契。如果幽默和默契是生活的一种境界，爸爸所说的哲学就是通往这种境界的一种途径。你如果能让自己的思想敏感和活跃，你就是一个有哲思的人，也许有一天，你会成为一个生活的哲人。

2016.9.29

能看到绘画的不可见部分，才叫懂画

孩子：

对于绘画，爸爸是个外行，可爸爸一直对绘画有着难以抑制的激情。20世纪80年代初，我的单位可以订阅法文刊物《巴黎竞赛画报》，画报上有绘画专栏。当时，我们没有条件看外国绘画展览，能看到印刷如此逼真的油画，已经是很大的机遇了。我把废弃画报上的油画，剪裁下来，精心地贴在白白的A4纸上。时间一长，厚厚的一本西方绘画精品集形成了。我把它们按时间、年代、流派和国别进行分类，制作成一本山寨西方绘画史。爸爸的法国油画和西方绘画的早期启蒙就是这样完成的。这次走心的收集使我在后来看到西方各国博物馆真迹时，既激动又熟悉，俨然是一个绘画行家。相对于西方的油画，中国绘画则比较容易收集和探寻。在我购得10卷本《中国绘画全集》之前，我已经收集了大量中国画家的作品选，从民国到当代，应该是比较全的。爸爸说这段经历，是想告诉你从外行到内行，不只有做画家一条道路。人可以不是画家，但可以是绘画的行家，这有点像收藏家，他不一定是艺术品的制作和创作者，但一定是艺术品制作和创作的知情人。

爸爸是翻译，恰巧也翻译了法国大哲学家福柯撰写的《马奈的绘画》一书。福柯在开场白中说："还要请大家原谅我给你们讲马奈，因为我既不是马奈专家，也不是绘画专家，我是以外行的身份和你们谈马奈。"可当时，专家和艺术史学家已经把马奈定义为改变了绘画表现技巧与模式的画家，他是印象主义运动的先驱，而在整个十九世纪下半叶，印象主义几乎占据了艺术史舞台的领先位置。作为外行的福柯却告诉来听他讲座的青年人们说:"马奈做了另外的事情。他使当代艺术——可以说,现代主义绘画——成为可能。马奈给绘画传统带来了深刻断裂,他发明了'实物—画',就是在画上被表象的东西中凸显油画的物质性。"福柯认为,马奈这种油画物质性在被表象物中的反映正是马奈带给绘画变革最核心的价值所在。

《马奈的绘画》一书出版后,在国内美术界掀起热烈的讨论,原本已知的马奈变成了未知的马奈。由于翻译了这本书,爸爸也接触了大量的油画作品,在看每一次画展时,都能看到画中不可见的部分,或者可见物的不可见性。这恐怕才是观看绘画的要旨,由形看象,由可见到不可见,这不仅是艺术精神,也是人们的思想规律。福柯给了我们这种绘画之外的思想,反而指导我们理解绘画的门道。爸爸讲这些,一是我本人获益匪浅，一是希望你在生活中能经常地由外看内，由形看象。别样地思考，别样地看，才是我们活出自己的门道。

2016.9.30

我们是音乐的邻居

孩子：

在音乐方面，我们爷俩出奇地相似，都是先天不足，后天无补。没有好嗓子，没有识音的耳朵，也没有音乐细胞。爸爸弹过古筝，但却因不识谱、不懂音律而放弃。音乐离我们远，这辈子也干不成一件乐事了。可细想起来，音乐又似乎与我形影不离。爸妈的音乐磁带成百上千，听过的歌和曲不逊于看过的书，只是读书的成效是可见的，而听音乐的成效是不可见的。爸爸在外语学校听"梁祝"全曲，可以指挥得像模像样，爸爸在歌厅，从不献唱，却总是随声附和。这是爸爸全部的音乐生活，如果说这种音乐生活还有乐趣，那就是爸爸可以跨代听歌、知歌，对老歌新歌基本上都熟悉，在法国时，人送外号"宝丽金"。

爸爸在看画时，可以见人所不见，可在听音乐时，却做不到听人所未听。爸爸只能根据自己的喜好，选择好听和爱听的，所以音乐对于爸爸不是生活的组成部分，只是一种闲趣和知识。爸爸也偶尔有创作的欲望，但这欲望最终转化为写写不成样不专业的歌词，主观上它是歌词，客观上由于没有曲，它更像是诗歌。我的生活中总算也有了与歌沾边的东西。

几十年听下来，在追求悦耳的同时，似乎也开始追求悦心。现在人们讲走心地唱，听众也会走心地听，可爸爸讲的是悦心，不是跟着歌走，随着歌激动，而是让音乐跟着心走，让乐悦心，从而让心从容起来。闻乐不动，犹如贤人的遇喜不喜，遇忧不忧，好听变成了无好之听，可以接受任何声音的表达，有词之乐、无词之声都是天籁，我们听之，闻之实际上是在辨别我们自己的心声。这时，不懂音乐反而是一种便利，没有了条条框框，直把音乐当作声音，当作心声。如果我们了解自然之声，了解人类之声，我们就具备倾听音乐和理解音乐的基础，这个基础虽然不是艺术，但任何艺术的基础都是人性与自然的和谐。

爸爸的意思是，虽然我们做不了音乐家和音乐内行，但我们是音乐的朋友，是生活之乐的拥有者。我们无法感受舞台的炫璨——这是多少音乐艺人的梦想，但我们可以去音乐的生长之地接触音乐。音乐和艺术来自于生活，而我们就是生活的主体，从这个意义上看，我们是音乐的邻居，我们可以不以它为主，但可与它为伴。这是到目前为止，我对音乐的认识和对音乐的感谢。爸爸知道你也爱听歌，而且选择的面很广，这很好，也很重要。你就是要用听去领悟人生，用听走进世界。终有一天，这听会成为你的向导，让你在嘈杂之声中寻找内心的纯净。

2016.10.1

我们收藏古董，
其实是古董收藏了我们

孩子：

关于收藏，爸爸有许多话可以对你说，不仅因为收藏是爸爸的业余爱好，更是因为收藏是爸爸的文心寄托。其实，当你落生时，你已经置身于爸爸的收藏品之中了。你不懂它们，但它们都是伴着你长大的。你生活在父母的怜爱之中，沐浴着艺术品丰富的人文气息。后来，你长大了，你懂得了它们，也好像喜欢上它们了。所以，爸爸的许多话又似乎没必要再对你说了。你与收藏已经发生了接触和感情，你们或许早已对上话了。

有关收藏，爸爸不想具体说，无论收藏的意义如何，你都已经身在其中了。收集它们、遇到它们是爸爸的事，藏好它们、待好它们也有你的事。现在是太平时期，收藏是热门，几十年前是小众，是专家里手的领域，现在已成大众爱好，艺术品走进百姓家，走下神坛，接了地气。这也是改革开放的一项成果，你有幸亲身赶上，体验到了盛世收藏的狂热，而爸爸只是在书上看到过历史上仅有的几次收藏热。

收藏，顾名思义，是收回来，藏起来。有本事收，有耐心藏的人叫收藏家。收藏家作为名词，指人；作为动词是事，指收到，藏在家中。现在有些人收到藏品，却不藏，而是转卖、变现，这不叫收藏，这叫买卖，叫投机，不过也可以叫他们为收家、商家。他们有眼光，但收对他们是一种商业行为。还有一些人不懂收，但会藏，从行家手里买一些古董或艺术品，真心实意地藏它们，他们不会或不舍将它们转手或出手，把它们当作缘分，一种恩赐。这种人叫藏家，无论从名词或动词上理解，都千真万确。爸爸就属于这种人，从古董商人手中收，然后藏在自己家中。藏家的行为是审美行为，不是纯商业的，收是为了玩，玩是为了学，学是为了品，品是为了生活。说它不是纯商业，是因为收古董说到底是有价值的，无论保值，还是增值，古董和艺术品有它们自己的规律和命运。爸爸收藏它们也是暂时的，因为爸爸活不过它们，从这个意义上讲，古董或艺术品也是爸爸的藏家。

你现在看到的和触摸到的藏品，都不是什么传奇玩意儿，更多是文化的载体和标本。有些是残的，有些是修过的，有些甚至是赝品。它们身上承载的文化信息和美学气息应该说是真实的、准确的、符合那个时代的。年轻人爱看穿越戏，爸爸敢说，你拥有它们时，你就拥有了穿越的能力。它们在家中是藏品，在时间中就是月光宝盒。你是90后，可有了它们，懂了它们，你可能就是百岁人、千岁人，如果你再懂爸爸收集的化石，你就是个万万岁人。收不容易，藏更不容易。收古董，有知识，还要有文化，有品位，有底蕴。收有风险，这事爸爸做了，藏要文化，这事交给你。其实，我知道，只要你开始与它们对话，你就舍不得离开它们了，我们是收藏它们的家，它们也是收留我们的精神家园。

2016.10.2

家要重装饰，人要重装修

孩子：

爸爸20世纪90年代在法国巴黎工作时，参观过一个装饰艺术博物馆，就在卢浮宫旁边，或者说是卢浮宫建筑的一翼。博物馆主要展家居、摆件，当然这些展品既是实用器，也是艺术品。我看到它们的第一印象是好看，然后还看到身份、品位和艺术流派。记得在2000年，爸爸有幸参观刚刚修复的故宫的倦勤斋，室内是复式结构，一层装饰成庭院，有朗世宁画的巨型通景画、竹林松鹤和一座亭子。二楼是皇帝读书处，隔栅全是紫檀木嵌香妃竹，窗户是丝绢绣片。据说，这座雅室是故宫一千间房子中，装饰最讲究、最奢华的，这种装饰风格告诉我，"室雅何须大"是个真理,哪怕是皇帝的居所。

我们普通人家最多见到的是装修艺术,装修房子等于装饰房子,装修因为贴上了艺术之金,所以越来越豪华,越来越华丽。有些人家华丽到超过故宫的厅堂。当然,这是梦想的效果,今人有词曰:土豪风是也。我去英国人家,大都是沙发围绕壁炉,一家人借炉火闲聊,有点像中国古人的围炉夜话。法国人家的沙发多置于窗下或窗旁,借助阳光一束,独自看书,静雅之美尽显。美国人家沙发置于电视前,家人一个个都是"北京瘫"的躺法,看球赛、吃爆米花。我们的家比美国人更过之,不仅沙发围着电视,就是电视所依的那面墙,也被视为电视主题墙。让墙成为电视的艺术背景,让人成为电视的顾客。这种装饰有艺术,但未必有文化。

无论是装修,还是装饰,都是我们自己的家。家不一定多艺术,但要有风格,有主人的气质。我们一贯重装修,轻装饰,所以，我们的家多是趋同的，少个性的。现在电视上也有装修装饰的栏目，声称量身定制，但量的身是我们的家，定的制却是设计师的。比起装修，家更需要装饰，好的装饰才是真正的精装修。孩子，咱们家四白落地，暖气裸露，这表明我们轻装修，但咱们的饰品摆件足以吸引眼球，这叫重装饰。家要装饰，因为装饰体现主人的文化品位，人也要装饰，因为装饰体现自己的气质。自我的装饰是读书，腹有诗书气自华，满身名牌的装扮，仅仅是外表光鲜。如果人有好的装饰，家的装饰就差不了。如果人无装饰，家也全无装饰。有人挣钱为装扮，有人挣钱为装饰，这里面不是钱多少的问题，而是有无文化的问题。爸爸希望你外表朴实无华，内心高贵无比。同样，如果你看到了朴实无华，千万不要低估，而要高看，因为在这个看门面的时代，朴实本身就是一种高贵，一种奢侈。在做人方面，装修或许更有积极意义，人不要装，而要修，常修理自己，常修饰自己，让自己有修养，不往脸上贴金，让良心闪烁金子的光芒。所以，爸爸主张，家有装饰，人要装修。

2016.10.3

等待是人要学的一大课题

孩子：

我们都说当下人们很浮躁，心沉不下来，这里面有一个重要原因，就是急，等不得。一切都要求快，要立竿见影，唾手可得。生活的快感是一按下键，快递上门。急切替代了等待，等待意味着落伍。技术发达使生活便捷，同时也使我们急躁。相亲时，20分钟牵手非但不匪夷所思，而且还感天动地，似乎爱情根本不是等待的事，就得一见钟情，一分钟定情。所以，等待不属于现代，等待等于被淘汰。

其实，等待是人要学的一大课题。不等是本能，能等是文化。我们文化中关于等与不等有许多论断，但我们过分强调了机不可失,时不我待,过分批判了守株待兔。当下的焦虑与此不无关系。我们文化的精髓是事缓则圆,慢中出细活,心急吃不了热豆腐。我们心目中的一些谦谦君子都是等待的模范,争不来的事或许等得来,虽然天上不落馅饼,但如果你肯等,肯让人,馅饼或许就会落在你身上。孩子,想一想身边的人和身边的事,感知到这一点并不难。

爸爸在翻译福柯的《知识考古学》时,是1986年,翻译合同规定,一年译出,一年后出版,可爸爸看到这本书出版时,已经是1998年。像这样等上十年才见成果的事,爸爸就经历过三四次。老实说,谁都不愿意等,但生活让你等,人生十之八九不如意,等待是一个过程,人在等待中会明白事理,了悟人生,干脆说,等待就是生活。看到这一点的,都不会急躁,不会焦虑,淡定从某种意义上讲就是知道了等待的必然和意义。

"时不我待,只争朝夕"没有错,但

时候未到，水到渠成也是事实。在学习上，爸爸不主张等，要抓紧时间，但对于学习成绩，爸爸不主张急，要耐心等待你的努力结出的果实。你肯等，它一定会出现，如果不肯等，中途放弃，半途而废，它就没有机会出现。古人说，大器晚成，这说明要有耐心和恒心等待这个成。

等待不是什么都不做，等待是一种心境，不骄不躁的心态。识时务，待时机，等机遇都说明了等与不等的关系，该等则须等，该快则须快。这个快是果断，等待也不是慢，一味地慢，一味地慢生活，就会走向快生活的反面。等待是动静关系，等是为了动，动是因为等。等待还分主动的等和被动的等。爸爸认为这两种情况都属于生活的历练，主动和被动都会遇上，主动可以谦让，被动可以退让，与世无争不是不争，而是知等，知道是你的，终究是你的，不是你的，争也争不来。爸爸的生活中，有等待，也有急躁，等待时未必吃亏，急躁也未必如愿。所以爸爸才把它拿出来说事，希望我和你能辩证地看待等待，也能辩证地认识生活，反正在爸爸眼中，等待中有学问。

            2016.10.4

创造方便是能力，享受方便是丧失能力

孩子：

爸爸这次拿"方便"当话题，还真不方便。隐隐地觉得方便中有一些我们看不到的转变，朦胧地感觉方便在我们的生活中越来越突出，有左右我们生活之势。可提起笔，却又捋不出思路，不知从哪儿入手。在我的印象中，科学技术的发展有一大部分是为方便生活而被发明出来的，例子不胜枚举，所以，我们会集体无意识地认为科学技术的发展进步是有利于我们的生活的。每当一项贴近我们生活的技术出现，人们趋之若鹜地追捧，也形成了一个无限开发市场。既然方便是一种动机，它就可能是一种商业动力，人没有不想方便的，因此，人为了方便会尽力而为的。

追求方便生活的风潮席卷了全球，全球化也是为了更加方便。习惯了方便的人会不会产生惰性和惯性，会不会只接受方便而抗拒不方便。人们拣方便的事去做，用方便的用具，同方便的人打交道，可这究竟是进步了，还是退步了？比如：键盘快捷、方便，结果人们不会写字了；电子书快捷方便，结果人们不再捧书阅读了；微信省时省力，结果人们见面少了；手机多了，相机少了；选择多了，主见少了；快递多了，活动少了；时间节省了，时间浪费多了，这些都是方便的问题，无所谓对与错、是与非，但它们确实在改变着人们的生活节奏和内容。

人们知道方便导致节奏加快，节奏快引发更多的欲望，而欲望正是我们生活的原动力。人们可以自觉地克制自己的欲望，但很难成功地抵挡方便的诱惑，一切让人方便就是商机。方便成为目的，方便变成成果，人们躺在方便之上，谁还去想那些不方便的事情。

我们知道爱情是不方便的，可人们创造了方便相亲的节目。人们相信，只要有缘分，20分钟可以情定终身。现在到处可以看到学一次可以作画，学一天可以弹琴，学一日可以英语对话，这些速成既满足了成就自我的欲望，也迎合了方便的诉求。凡难学、难做、难成的事鲜有人为。原来人们战胜不方便，克服一切困难的勇气现在在方便中变得毫无底气，人们甚至忘记了这个世界是由不方便构成的。当我们习惯了方便，我们就无力对付不方便。很多高才生走向社会而夭折，就是因为无法从方便过渡到不方便。

孩子，爸爸认为生活和人生都是不方便的，所以在思想上和意识上要有应对不方便的准备。那些看上去方便的技术进步能够提供方便，但不一定提供能力。写到这里，我终于有了一点头绪：创造方便需要能力，享受方便可能丧失能力。爸爸希望你用方便去迎战不方便，而不是守着方便，躲避不方便。但就做人而言，还是要予人方便，予人方便，才能自己方便，你看，简单的"方便"二字，实际上不简单吧。

2016.10.5

有的人不追时尚反而时尚

孩子：

我们的社会是一个时尚社会，是一个比任何国家都尊崇和追求时尚的社会。其实，任何时代、任何国家都有时尚，都在创造和消费时尚，但像我们这样时尚如此趋同，如此一拥而上而又一哄而散的社会却也不多。什么是时尚，不用多讲了，只要多听，多看，就可以知其一二。人们在谈论的，人们在追捧的，甚至人们在吐槽的，都可以视为时尚。时尚已不限于时装界、名利场，它已嵌入每个人的生活。有的人用钱在追，有的人用心在追，当然更多的人是用梦在追。赶时髦、追时尚，并不在乎追上或赶上，重点在追和赶上，因为时尚制造者是不会让人追上或赶上的，追上或赶上了，也就不时尚了。

　　时尚，依我看，是一时的风尚，既然是一时的，就是短暂的、易变的。我在国外，常看到时尚的发布和创造，却不常见追赶时尚的人潮，比如影院，无论什么片子，总是有人排队有人看，根本看不到多厅放一部的景象。还有，LV旗舰店，很少见当地人在抢购，最新款、限量版对于当地人也只是个女人下午茶的话题，看不到什么具体行动，好像时尚只是一种生活参照、一种自我形象的参照。数字影院在法国并不时髦，3D影片也不常见，就是明星到场，观众也只是尊重地鼓掌欢迎和欢送，未见什么忘我无我的尖叫和拥趸。时尚好像悄悄地来，又悄悄地去，并不打扰人们的生活。人们吃饭最多参照米其林指南，而不会听从大众的打分和热议。时尚好像不受大众驱使，而受艺术和品位驱使。时尚又好像不是什么人都可以追，都能够追。在时尚面前，人也须有自知之明。如此说来，时尚的效应没有我们这里巨大，时尚的流行也不靠什么口碑相传。有品质的杂志、书籍，有特色的演出，有传统的文化，有个性的艺术反而是长久不衰的时尚。

时尚应该是尚时的，尚时代特色的，尚时间恒久的，尚时间公平的。有的人不追时尚反而时尚，有的人只追时尚反而脱离时代。爸爸希望你追好的思想，把思想当作时尚，才是真的与时俱进。在爸爸眼中，读书最时尚，因为读书是中国五千年的时尚。运动也时尚，但无须消费运动。谈情说爱也很时尚，因为人非草木，更因为情爱与精神相关和心灵相应，但可远离爱情浪费。

孩子，你现在眼中的时尚，先让它经受时间的考验，你现在追不上的时尚，先让它跟别人走，还要切记，科学技术已经披上时尚的外衣。奢侈品盯着富人，技术创新盯着穷人，总之，时尚不会放过任何人，无论你追不追。认清时尚才能辨识时尚,从而做一个真正时尚的人。

2016.10.6

我们实际上是不喜欢阳光的

孩子：

对于阳光，我没有可说的，但对于"阳光男孩"这样的称谓，我倒是可以谈谈我个人的看法。说一个男孩"阳光"，大家是说这个孩子乐观、开朗、向上、活泼。阳光男孩流行，倒是很少听人说阳光女孩。这是近几年的事，就像人们被感动时爱说起了一身鸡皮疙瘩一样，以前人们好像不这样说话。说一个孩子阳光也没有什么不妥，毛主席不是说孩子们像早晨八九点钟的太阳，但阳光和像早晨的太阳似乎不是一回事，与阳光男孩对应的是不阳光的男孩。不阳光的男孩是怎样的，恐怕比阳光男孩还难界定。阳光男孩还可以对应月光女孩，但月光女孩也可能充满阳光。孩子是早晨的太阳是指所有的孩子都是刚刚升起的太阳,朝气蓬勃,但很显然,阳光男孩没有这层意思。

说到阳光,其实人们想说正能量,阳光男孩也就是有正能量的男孩。既然说到能量,而且还把能量分出正负,把宇宙能量用到了人身上,我便查了一下负能量,挺有意思。现在科学家认为万有引力是负能量的重要组成部分,宇宙大爆炸中心奇点是正能量,而不是负能量,反物质不是负能量,而是正能量,这些至少告诉我们负能量不一定是一种破坏的力量,正能量也可能有破坏的可能。我知道负能量是指人们的负面情绪,可我要说正能量中已经包含了负能量,人的情绪就是由正负组成的。所以没有所谓正能量的男孩,也没有负能量的不阳光男孩,所有人要积极地看待人生,但没有人是天生积极的。孩子,爸爸希望你充满阳光,沐浴阳光,因为正负是相对的,相互转移的,一味地正可能就是一种负，退与进，亏与满，失败与成功都说明这个道理。

再有，据爸爸观察，中国人是不喜欢阳光的，在国外大晴天打伞的多是中国人，在海难上，中国人穿泳装也打伞。我们怕阳光晒黑皮肤，我们如果不白了，也就无法再做阳光男孩。遮阳避光是我们生活的常态，或许正因为我们缺少阳光，才渴望心灵阳光。"白富美"、白居首位，而这个白既有青天白日的白，也有遮阳留下的白，正负都在一个白上。

心理学有正能量和负能量之分，能量被赋予了感情色彩，正能量等于乐观，负能量等于悲观。有人说乐观也过一天，悲观也过一天，何不乐观地过，这没错，但爸爸想说悲观可能是一种豁达和高级的乐观，乐观可能是一种平庸和无知的悲观。范仲淹的"先天下人之忧而忧"看似悲，实则乐，"后天下之乐而乐"看似乐，实则悲。我想说我们悲观是因为看清了这个世界和人生，我们乐观是我们对待这个世界的态度，所谓苦尽甘来，所谓乐极生悲，都是人生的诠释，在我看，悲观和乐观是不可分的，就像正负不可分一样。

2016.10.7

能表白爱不一定能表达爱

孩子：

咱们楼电梯上有一个手机广告，中文是：爱需要表达，英文是love to say。先说英文，这句话的意思应该是爱说、爱表达，而不是说爱、表达爱。虽然译文词不达意，但也在无意中说出了爱的状态。相爱的人爱说、好说，但不知说什么，这是关系确定后的状态，当爱还在朦胧时，还在暧昧时，是需要某一方表达爱，说出爱，这就是我们影视中常见、好看的重头桥段：表白。其实，上面的英文直译应为表白，而不是表达。在很多人眼中，爱需要表白，爱需要大声说出来，如果不说给你爱的人，你会后悔。渐渐地，表白成了青年男女都要学习和尝试的规定动作，以至于这个规定动作和对白被发展到极致，表白比爱更重要、更感人。一个爱情故事，一段情爱关系的高潮就是表白，或者说就是表白制造的惊喜和感动。

爸爸虽然年纪大了，但从未脱离过爱，也一直在关注两性关系的演变。在法国观察了八年，交出了一份《法国人的情爱观》的答卷，回国后，开始观察国人，看身边的故事，看文学的故事，当然最多的是看影视故事。在电视剧中，我看到、听到的一些振聋发聩的台词，一般是男主角对女主角的表白："为了你，我可以与全世界为敌。"这句话喊出来后，女主角一头扎在男生怀中，感动得有些窒息，一个为她，只为她敢与全世界为敌的男人是何等的英雄，与全世界开战对这个女人而言是多么大的安全感。无疑，这表白是成功的，当然更是虚荣的。还有一种表白，我们也耳熟能详："我要让全世界知道，你是我的女朋友。"这句台词虽不像前一句那样霸气和充满火药味，但让全世界知道的结果都是一样的，"你是我的""你已属于我""你必须属于我"，我不知道是不是女孩都喜欢这样的表白，应该不是，因为面对这样的帅哥，好像他说什么、做什么都可以被女生视为表白，他无须说这种狠话，只要是他的一个眼神，女生也会欣然接受，投入怀抱。所以，表白的人才重要，而不是表白重要。表白时，女生感动，这是因为女生心里有你。

相对于表白，我认为表达才是爱的语言。它有时是话语，有时是肢体语，有时是默默不语。表达的维度很多，也很细腻，很适于情侣。在爱情絮语中，话说白了，说明了，说狠了，不一定管用，含糊的、委婉的、迂回的、反义的才是感情表达的手法。现在，人人会表白，不一定会表达，这样不仅辜负了爱人，也会辜负爱情。我们在电视中太习惯、太追求视觉冲击，所以，语言冲击也成了我们的一种欲望满足。视觉和听觉,所见和所闻的暴力虽然助长了爱情的彩头,但我们内心的柔软也会随之变成肌肉。

  本来,表白和表达没有太大差别,甜蜜的表白和绝情的表达本是相辅相成。我在想爱要不要发那么大的力,要不要不顾一切?我一直崇尚情爱,而不是爱情。爱的本质应该是不约而至,不谋而合,是四两拨千斤的事。不把表白表达当作表演,才可能流露爱意的表白。

2016.10.8

有时候越成功的人离雅越远

孩子：

雅这个话题比较虚，说清楚了不容易，或者也说不清楚。一般说，雅俗是相对的，俗不用说，人一生下来就是俗的，人类社会也是俗的，否则不会有习俗、风俗、世俗和俗世这样的词。雅既是过程，也是结果，过程是指脱俗的过程，人一旦脱凡超俗，就进入了雅的境界。现在有人追求雅俗共赏，如此看来是不太可能的。不过从赏的角度看，俗人是可以融俗，也可以追雅的。大部分时间俗，一时半会儿雅，这也是能够做到的。反过来，让雅人入俗可能有些困难，所谓由奢入俭难，就是这个道理。爸爸是不甘做俗人的，脱俗一直是个确定的方向。不过，爸爸追求脱俗并不是为了入雅，真正的雅生活，爸爸也过不了。脱俗抑或识俗，一半反映在工作上，一半反映在生活中。

要脱俗，就要有独立的品格。独立的品格就是有独立的人格、独立的见解，不随波逐流，不人云亦云，做到这一层首先要脱俗。如果人格和见解都出类拔萃，那就是入雅了，入贤了。独立的人格不是特立独行，唯我独尊，而是从善如流，入乡随俗，知道什么时候坚守自我，什么时候放弃自我。说到自我，有时它特别不俗，有时它特别俗，所以独立的人格首先又是健全的、健康的人格。在这个意义上讲，雅就是人格魅力，就是一种气质。

要脱俗，还要有独到的淡定。独到的淡定是一种品位的从容，是一种文化属性和文化定性。有些人走到哪，就觉得哪好，或者哪不好，像云一样飘来飘去。美丽无根，品位不定，爱好也定不了，容易见什么爱什么，虽然在做选择，其实毫无选择。人首先要形成人格或品格，这是人的好坏的问题，其次就是品位的定格，这是水平高低的问题，当然也是俗雅的问题。品位高不是喜欢品位高的东西，而是把品位低的东西玩成品位高，这种雅是一种技能和审美，有钱不一定做得到，没钱肯定做不到。

要脱俗，还要有独特的闲逸。独特的闲逸是精神层面的东西。人格好、品位高的人可能一生忙碌，层层登攀，心灵和身体都是正能量。实现自我是人生的方向。让心灵闲逸也是人生的一个境界，这是一种大雅，一种风雅，物质包含不了的雅境，这也是爸爸不肯入雅，也入不了雅的原因。

脱俗入雅是文化的提升，是人生的一个必要过程。爸爸在这里谈雅，而不谈成功，就是不想涉及功利，因为成功本身已经是俗物，离雅很远。有时候，越成功的人士离雅越远，爸爸说的雅不是高贵，而是清雅、风雅、儒雅，一般人够得着的小雅。

2016.10.9

见多不等于识广

孩子：

读万卷书，行万里路，在过去是一个人一生要做的事情，有点活到老、学到老的意思。但在现在，读万卷书，行万里路在考大学之前就有可能完成了，这还是应试教育带来的成果。我可以说这是发展，因为这种现象比过去扩大、增量了不知多少倍，但我不敢说这是进步，因为我不知它是不是前进了。应试确实是大规模读书，但不一定大规模出人才。行万里说的是出国留学，远的上万里，近的也要数千里。从这个意义上讲，破万卷书、行万里路已不是什么了不起的挑战，更算不得一个人生标准了。因此，我说的行不是留学旅行，也不是毕业旅行，而是知行。

读书当然是知，我们的学生时代就是知的时代，不仅知知识，还要知做人，知处世。有了知识，或者知之后，还要行，就是实践，就是做，把自己知道的东西表现出来，把自己的知识用于工作和生活，我们叫它为知行合一。意思是说，破万卷书和行万里路不是单独的现象，不是分离的阶段，而是两个相辅相成的过程，知中有行，行中有知，知行合一应该说是一个进步，一个思维上的进步，至少它很不容易做到。

现在人们通过数字技术可以看很多东西，多得我们已无法想象，只要想看，就能看到，这是过去的知识分子梦想的条件。人们借助各种交通工具，可以走得很远，已经远至极地。旅行拼远、拼钱、拼新鲜已经成为攻略，和学习、知行没有很大关系了。去的地方多，知道得多，这没错，但人不一定能升华，见多也不等于识广。可悲哀的是，皮毛已经够用了，浮躁深受欢迎。

爸爸的旅行让爸爸知道了自己的浮浅，知道了自以为可以炫耀的东西实际上只是皮毛。行万里路根本说明不了什么问题，更解决不了什么问题，行得远不过是一种炫耀，行得深才是一种能力。爸爸在驻外期间，还体会到文化的碰撞与融合，培养了文化包容性和文化宽容度，这是旅行可以带给我们的亲身体验。旅行现在已经成为一种生活方式，这无可厚非，但它更应该是一种学习方式、自省方式。有的人旅行回来，人大变样，有的人周游世界，仍然故我。现在人没有读不了书，旅不了行的，不是读书和旅行就能改变自己，改变命运，而是自己在读书和旅行中发生改变。

腹有诗书气自华，是说诗书已化为自己的精神食粮。独特的人格修养自然会格外出众。孩子，你已在应试教育中脱不了身，那我们就去适应它，虽然为考大学而学不对，但学了就是收获，今后的不同不在学上，而在行上。今天爸爸谈旅行，说知行，就是提早与你沟通，让你对行有个了解，也重视起来，因为一旦考上大学，应试的东西就渐渐消退，自我的意志和人生旅程就呈现出来。行好，就走得远，即便人不出国，行不足万里。

2016.10.10

只把电影当休闲，
既糟践电影，也糟践自己

孩子：

关于电影，爸爸最有发言权，爸爸在电影界工作了一辈子，在电影策划、制片、发行、进出口、营销这个产业链上，都付出了心血，还做过电影的同声传译和字幕翻译，办过《中国银幕》杂志，甚至还做过电影中的群众演员，给电影配过音，这是一个完整的职业训练，也是一个丰满的职业生涯。也因为此，爸爸才敢说自己是一个电影人，一个了解电影的人。

不过，今天爸爸不谈电影本身，只想用另一种方式谈谈电影。你已看过许多电影，对电影你有了一些认识和自我的喜爱。电影确实存在怎么看的问题,而我们过去只关注电影怎么拍。拍电影是专业上的事,看电影是能力上的事。有些电影就一点儿看头,有些电影有无尽的看头。普通电影就是看头少的电影,大师电影就是看头多的电影。法国哲学家吉尔·德勒兹说:"伟大的电影作者与伟大的画家或伟大的音乐家是一样的,他们能够准确地表达他们所做的事情,但是,他们在表述时都变了样,变成了哲学家或理论家。"如果我们能在一部电影中看到哲学和理论,我们可以说这是一个伟大的电影作者。我们也可以按照这个标准审视一下我国有没有这样伟大的电影作者,或者用它来衡量一下我们称之为大师的电影导演。德勒兹还说:"我们不应再问什么是电影,而是应该问什么是哲学。"一个电影理论不涉及电影,而是涉及电影引发的概念,而这些概念本身同其他实践的相应概念具有某种关联。如果说电影本身是影像和符号的新实践,哲学就是把它变成概念实践的理论。

这段话有些难懂，有些绕，但就爸爸的理解，自电影发明以来，哲学家或者思想家们惊奇地发现电影这门艺术或技术比任何一门已存的艺术和技术，都适合表达和表现思想、概念，干脆说表述哲学。

哲学概念和逻辑的晦涩在电影中变得可见、可听、可读。二战前的许多大师的作品都是思想和哲学的作品，但它们看上去又像是一个故事、一段人生。爸爸讲这些，就是想说，电影，尤其是老电影在设置上是有思想的，有哲学理念的，不仅仅是娱乐的、休闲的、刺激的。电影的伟大绝不是我们看到的神奇，而是思想的神奇。想看到电影真正的神奇，认知的神奇就要求我们培养观看、审读的能力。另一位法国哲学家米歇尔·福柯提倡"别样观看"，他还为"别样思考，别样看"专门写了一些文章。

爸爸是搞电影的，也是搞电影理论的。

电影的营养无处不在，我们已有了一个很大的电影营养库，这是前人——伟大的电影作者和普通的电影人给我们留下的宝贵财富。这些财富被确定为史料，可以充当理论依据。爸爸发现你爱看电影，爸爸非常欣慰，这说明你与电影，特别是老电影有亲缘关系。你现在需要的是一些破解电影的装备，尤其是哲学上、思想上的装备。可以这样讲，仅仅靠阅读电影，你就可以感知宇宙和人类的灵魂。爸爸希望你不要错过，漏掉那些真正大师的作品，因为这种作品永不过时，早看早受益。只把电影当休闲娱乐，既糟践了电影，也糟践了自己。

2016.10.11

我们无法掌控生命，
　　但能用好时间

孩子：

"时间都去哪儿了"是这两年最红、最煽情的一首歌。人不分老幼，性不分男女都会有此一问。不过，歌里唱的时间多在亲情上面，家人一晃就老了，所以谴责时间都去哪儿了。真正值得一问的是，我们都去哪儿了。与这首歌相似的一问是"爸爸去哪儿了"，爸爸去哪儿了，孩子不知道，妈妈也不知道。这两问勾描出我们现代家庭的状态，人在又都不在，时间有又都没有，一个忙占用了一个人的所有时间和空间，直到我们向时间发问时，我们已失去了时间。

爸爸想时间的问题比这首歌要早得多。

爸爸心中的问题是我们究竟有多少时间。我们有一生、有一辈子的时间，可谁知道这一生、这一辈子是多少年？多则百年，少则呢？解决时间的问题，也就是解决人生的问题。时间与人生有着紧密的联系，爸爸也一直探寻它们之间的关系。爸爸认为人分两种，一种人认为自己与死亡很近，一种人认为自己与死亡很远。这里的死亡可以是亲人，也可以是自己。原来年轻人都认为自己离死亡还远，至少没有那么近，可从现代年轻人注重锻炼和养生看，他们真得早早就开始担心自己的健康，让自己尽量远离疾病，因为疾病与死亡是咫尺之距。当然有许多乐观豁达的人，他们认为自己离死亡远，就是80岁的人也相信自己可以活到百岁，这种人是不怕死才乐观，还是不知死才无畏，不得而知。如果这种分类有道理，能成例，那么人们的生活、人们的时间也就有了解决方案，不会盲目地不知死活地消费时间。

自认为离死亡近不是悲观，而是有危机意识，这与我们常说的珍惜当下是吻合的。人因为有远虑，所以会更加珍惜当下，把握属于自己的一切资源。时间只是其中的一种资源，比如，因为珍惜时间，我们努力学习，因为珍惜当下，我们热爱身边的人。但很多人因为明天会更好，所以今天可以凑合，可以虚度，因为还有明天，所以糟蹋今天，明天虽不意味死亡和意外，但我们确实无法把控明天。我们活得踏实，是因为我们可以把控，过得不踏实，可以让今天更踏实。今天踏实了，明天随它去。

时间始终是一个哲学问题，一个思想方法问题，一个生命问题。把时间看得重自古有之，时间就是金钱，时间就是生命，时间就是效率，这些都对，各行各业对时间都有要求，它们让时间有更多的功利性。其实时间就是时间，没有功利性，有时候，我们有大把的时间，有时候，我们没有时间。爸爸也解决不了时间问题，只是想在时间上尽量保持平衡，不要让时间有过大的空闲或紧张得不可开交。我们都爱说淡定、从容。这其实就是两种时间的境界：不慌不忙，不急不躁，不拖拉，就是淡定和从容，在学习上是这样，在工作上是这样，在生活上也是这样。只是生活的淡定和从容最难把握，把时间用好了，用对了，活得长短也无遗憾，因为我们无法掌控生命，但能用好时间。

2016.10.12

学霸不是比谁更勤劳，而是比谁更有天分

孩子：

勤劳勇敢是中国人的优秀品德，也是一种普世价值。过去是这样，未来还会是这样，只要这个世界还讲做人成事，勤劳勇敢就不过时。爸爸今天谈这个问题，不是谈它的本质，而是谈它的语境。语境变了，对勤劳的理解和定位或许也会变化。如果人们谈做事，勤劳、勤奋就是一个重要因素，只要勤奋，铁杵成针，无事不成，但如果说到成功，勤奋就不一定是核心因素，因为但凡想成功的人，奔着成功去的人，都懂得勤奋的重要，或者说没有偷懒的人。可尽管勤奋，成功也只属于少数人。过去有伟人告诉我

们，成功的秘诀是99%的努力加上1%的天分，这无疑告诉人们只要努力勤奋，成功是不言而喻的。但从我个人观察看，如果这条公理是正确的，那么没有成功的人都输在了那1%上。因为他们已经付出了百分之百的勤奋，在成功学上，原本就没有偷懒、取巧的词汇，所以，不勤奋、不努力，绝不会成功。不努力的人、不勤奋的人有，但他们绝不是追逐成功的人。

问题的范围在成功者和梦想成功的人之间，这里面几乎没有不努力、不勤奋的人，这里只有缺乏天分，或天分少的人。孩子，你不是不努力、不勤奋的人，也不是有天分的人，但你又必须面对成功，比如高考的成功。像你这样的孩子比比皆是，至少实验班的同学是这样，所以，你们面对的问题不是勤不勤奋，有无天分，而是如何看待勤奋，如何界定勤奋，如何获得进步。

首先不要把勤奋看成苦劳，可以下功

夫，但不能下死功夫，只勤劳不能直接获得成功。人不仅要"勤"劳，还要"智"劳，要用脑子，讲究方法，事实证明，许多成功的人是方法得当的人，他们把勤花在寻找适合自己的方法，适合解决问题的方法上，当这个"劳"变成了"智"，当功夫化作了能力，勤劳就变成了天分。99%的勤劳就成为了99%的天分，成功也水到渠成。其次，勤奋不是目的，做一个勤奋的人不应是人生的目的，而只能是手段。比如，做一个对社会有用、有贡献的人，这是目的，要实现这个目的，勤劳是必不可少的。有些工作是要求勤劳的，如农民，勤劳的汗珠必然能结出果实，但大多数人不能用勤劳去实现自己的梦想。从管理上讲，勤劳有管理时间的内涵，把时间用好、管理好，把勤劳花在时间管理上，向时间要效率、要成果，而不是向汗水、向肌肉要成功。事实证明，许多成功者都是时间管理的大师，而管理时间突破了勤劳的范围，进入了智慧或艺术的境界。

　　写到这里，勤劳变成了找方法，变成了艺术，那么成功的公理也可以是方法加天分，这里没有比例，也没有清晰的界限，因为没有天分，找不到好的方法，找到了好的方法就是一种天分。从这个角度看，学霸不是比谁更勤奋，而是比谁更有天分，更有方法。没有人可以随随便便成功，有了方法，随便什么人都能成功。爸爸建议你把勤奋当作方法，或者在找方法上勤奋。

2016.10.13

做第一是超越自己，
　　做唯一是自以为是

孩子：

好像是吴莫愁，应该是吴莫愁喊出了"不做第一，只做唯一"的广告。这口号牵动人心，也取悦万众。老实讲，谁不想做第一，可谁又能做第一？在这个成王败寇的时代，不做第一，哪有出路。当然这是指商场、官场和角逐场。无论是做了第一，还是想争做第一的人，都有一种深深的第一焦虑。后来，做第一、做老大的范围扩展了，扩展到中国500强、全球500强，好像500强就是第一阵容，结果，第一焦虑也扩展到第500焦虑。没有人愿意焦虑，但更多的人想焦虑都没有资格。既然现在是反权威时代，第一也必不可免地属于权威之列,能代表普罗大众心态的就是吴莫愁小姐喊出的"不做第一,只做唯一"。因为唯一好做,甚至不用做。谁不是唯一,谁和谁是一样的,没有人是相同的,所以每个人都是唯一的,相反的,第一倒不一定是唯一的,有好多个第一,有好多次第一,第一有可能不是唯一。

从"只做唯一"到"我是唯一",这种能量正得吓人,正得空前,因此,第一以外的所有人都欢欣鼓舞,自己终于做到了一种境界:独一无二。独一无二不就是唯一吗?没有做到第一,反而成为独一,这不是天下掉馅饼是什么。可喜的是,有些人因为唯一,反而竟做到了第一,有些人因为这个唯一,竟然获得了自信,可以目中无人。由于大家都是唯一,都平起平坐,社会等级、官场科层、社会阶层一下子消失了,大家都在"唯一层",谁还怕谁呀?

"我是唯一"因而很快变成了"我是最

好的",唯一的最好本无错,但满天下的人都是最好的,就没人信了。还有,因为"我是唯一的",所以"我要做自己"这个转变更加致命。原来做唯一,是因为做不了第一,现在,第一都不稀罕做,只做自己,好像做自己是人生的高度,思想的一种境界,精神的一种超越。走自己的路,让别人说去吧,做自己;让别人说去吧,如出一辙。我说它致命是因为:第一,做自己并不困难,人的本能就是做自己,文化的本质是让人不做自己;第二,做自己是对自己的放弃,什么都做不了了,就做自己吧。人生下来,不能只做自己,至少得做人子、为人夫、为人父、做朋友、做情人、做师长,要做好这些社会职能,就得放弃自己。自私的人只能做自己,做不了别人。

我放大这句口号有些较真,有些矫情,但我确实看到了它的危害。商场、官场上的东西本应留在那些,在那个江湖,做第一也好，做唯一也罢，都有自己的规矩。可问题是它走出了江湖，波及所有的社会人。他们的平常心、本分态遭到了污染，也开始逐鹿中原，问鼎巅峰。当人人都是谁也不服谁的唯一，自我必然膨胀，必然癫狂。再细想"做自己"这句话，应该是做好自己的事，做自己能做的事，不与人争，而不是成自己，做无须改变的自己。做第一是超越自己，做唯一是自以为是，我反对的正是这种心态。

2016.10.14

后 记

可能是巧合，抑或是上天的安排，爸爸在中秋节之夜，最思念亲人的时刻，写下了关于思念的文字。为这本妈妈开启，爸爸续写的家书画上了一个意味深长的句号。从8月27日，偶然看到妈妈给你写的周年祝生信，萌生续写家书的想法，到10月14日，历时一个多月，爸爸共写下66封信，加上妈妈第一封正好67封家书。

表面上，这些家书是爸妈写给你的；实际上，它们也是这四年来爸爸对妈妈思念的一个交代，算是借题发挥。从信的内容上看，它们都是真实的、真情的，甚至有些是真知的。它们都是爸妈在生活中的昼思夜想，是我们追求和共享的生活理念。其中有些看法，爸爸是代言，替妈妈说出她的感知，有些观点是爸爸的体验和经验。其实，爸妈也是第一回做父母，从无知到有知，从知到行，最后从理论到实践。爸妈是学文的，善于总结和表达，总结和反省过往的人生对于我们不是太难的事情。

　　首先，希望这些家书在传递亲情之余，还传承文化和思想。其次，希望你长大之后，也能像爸妈一样，在生活中保持形而上和形而下的平衡，为我们和你的孩子也写一本家书，完成妈妈的心愿，也超越爸爸。能自己写家书说明你对自己的人生有话语权和执行权。妈妈是秋天写的信，爸爸是秋天完成的书。爸妈相信你也会选择一个美好的金秋时节，给我们送上一张满意的答卷。

爸爸
2016.10.15